Todos los libros de Linkgua Ediciones cuentan con modelos de Inteligencia Artificial entrenados por hispanistas. Pregúntale al chat de tu libro lo que desees acerca de la obra o su autor/a.

Para **ebooks**: Accede a nuestro modelo de IA a través de este enlace.

Para **libros impresos**: Escanea el código QR de la portada con tu dispositivo móvil.

Obtén análisis detallados de nuestros libros, resúmenes, respuestas a tus preguntas y accede a nuestras ediciones críticas generativas para una experiencia de lectura más enriquecedora.
La transparencia y el respeto hacia la autoría de las fuentes utilizadas son distintivos básicos de nuestro proyecto. Por ello, las respuestas ofrecen, mediante un sistema de citas, las fuentes con las que han sido elaboradas.

Juan Antonio Mateos

La monja alférez

Barcelona **2024**
Linkgua-ediciones.com

Créditos

Título original: La monja alférez.

© 2024, Red ediciones S.L.

e-mail: info@linkgua-ediciones.com

Diseño de cubierta: Michel Mallard.

ISBN tapa dura: 978-84-1126-182-1.
ISBN rústica: 978-84-96290-14-3.
ISBN ebook: 978-84-9897-903-9.

Cualquier forma de reproducción, distribución, comunicación pública o transformación de esta obra solo puede ser realizada con la autorización de sus titulares, salvo excepción prevista por la ley. Diríjase a CEDRO (Centro Español de Derechos Reprográficos, www.cedro.org) si necesita fotocopiar, escanear o hacer copias digitales de algún fragmento de esta obra.

Sumario

Créditos _____ **4**

Brevísima presentación _____ **7**
   La vida _____ 7
   La nueva versión de la monja _____ 7

Personajes _____ **8**

Acto I _____ **9**
   Escena I _____ 9
   Escena II _____ 10
   Escena III _____ 12
   Escena IV _____ 20
   Escena V _____ 22
   Escena VI _____ 26
   Escena VII _____ 31
   Escena VIII _____ 35
   Escena IX _____ 36
   Escena X _____ 37
   Escena XI _____ 37

Acto II _____ **39**
   Escena I _____ 39
   Escena II _____ 39
   Escena III _____ 44
   Escena IV _____ 48
   Escena V _____ 52
   Escena VI _____ 53
   Escena VII _____ 57
   Escena VIII _____ 58
   Escena IX _____ 61
   Escena X _____ 62
   Escena XI _____ 64

Acto III — 69
- Escena I — 69
- Escena II — 70
- Escena III — 71
- Escena IV — 77
- Escena V — 78
- Escena VI — 82
- Escena VII — 84
- Escena VIII — 87
- Escena IX — 90
- Escena X — 93
- Escena XI — 95
- Escena XII — 95

Acto IV — 99
- Escena I — 99
- Escena II — 103
- Escena III — 105
- Escena IV — 105
- Escena V — 108
- Escena VI — 108
- Escena VII — 111
- Escena VIII — 111
- Escena IX — 115
- Escena X — 117
- Escena XI — 121
- Escena XII — 122

Libros a la carta — 125

Brevísima presentación

La vida
Juan Antonio Mateos nació en la ciudad de México el 24 de junio de 1831. Hizo estudios primarios allí y después ingresó en el Instituto de Toluca, en 1847. Allí entabló una estrecha amistad con Ignacio Manuel Altamirano, con quien escribió un periódico satírico, de corte liberal, llamado Los Papachos, en el cual atacaban a los conservadores del Instituto.
Esta publicación provocó que fueran expulsados del colegio en el mes de julio de 1852.
Juan Antonio Mateos fue uno de los escritores más populares de México durante la segunda mitad del siglo XIX. Escribió en periódicos y revistas y publicó también novelas y obras teatrales.
Murió el 29 de diciembre de 1913 en la ciudad de México.

La nueva versión de la monja
Aquí se cuenta la vida de Catalina de Erauso, quien tras abandonar el convento de San Sebastián, se vistió como hombre y se fue a América, donde alcanzó el grado de alférez.
Catalina mató a muchos en duelos y reyertas, entre ellos un hermano, y tuvo varios escarceos amorosos con otras mujeres. Fue detenida en Perú y condenada a muerte tras otra de sus habituales trifulcas. Entonces se supo que era virgen y el obispo de la región la perdonó.
De regreso a España fue recibida por el rey, que respetó su grado militar y le autorizó a usar un nombre y atuendos masculinos, y el mismísimo Papa le perdonó su cambio de identidad sexual.
Tras estas aventuras regresó a América, esta vez a México, abrió un negocio y vivió con identidad masculina hasta su muerte.
Este texto de Mateos es una de las varias versiones del argumento original. Es una parodia estilística que utiliza en pleno siglo xix elementos del teatro del siglo de Oro.
Cabe añadir que el final de esta versión difiere en ciertos detalles del argumento clásico editado también por Linkgua.

Personajes

Andrea
Desuella zorros
Don Félix de Montemar
Don Juan de Saldaña
Don Lope de Pimentel
Doña Beatriz
El conde de Cifuente
El mayordomo
El sargento Machete
La abadesa
La condesa
Maese Pedro
Monjas y soldados
Sacristán 1
Sacristán 2
Zancarrón

Acto I

(El locutorio del convento de Santa Catalina. Puerta al fondo y laterales que comunican con el interior.)

Escena I

(La abadesa, dos sacristanes; la madre escucha en el fondo.)

Sacristán 1	¿Qué queréis, madre abadesa?
Abadesa	Que tengáis todo dispuesto
	porque el conde de Cifuente
	visitará hoy el convento.
	De todos los bienhechores, 5
	sin duda es el más espléndido.
	¡En este año, seis dotes
	fundó!
Sacristán 2	¡Que señor tan bueno!
	¡Pobre señor!... ¡Esa hija
	es un castigo del cielo! 10
	¡Qué violencias, qué arrebatos,
	una furia es del infierno!
	Desde que ha pisado el claustro
	es un desorden tremendo.
	La regla nunca obedece 15
	y con ademán severo
	nos domina y aturrulla;
	vamos, la tenemos miedo.
Sacristán 1	In nomini patrii et fili...

(Todos se persignan.)

Abadesa	¡El diablo está en el convento!	20
	Comienzan a sublevarse	
	las novicias con su ejemplo.	
	Anoche acabó el rosario	
	con un motín, con un pleito,	
	en que rodaron las velas	25
	con todo y los candeleros.	
	Yo perdí la disciplina	
	y el rapé que siempre tengo.	
Sacristán 1	Y es preciso tolerarla.	
Abadesa	Es hija de ese buen viejo.	30
	¡Uf, si no fuera condesa,	
	ya desde el primer momento!...	
	¡Pero el conde, no, imposible,	
	veremos andando el tiempo!	
	Ya viene, se oyen sus pasos.	35

(Se oyen tirar las sillas.)

¡Que nos valga el mismo cielo!

Escena II
(Dichos y Andrea.)

Andrea	¡Abadesa!
Abadesa	¡Sor Andrea!
Andrea	Me llamáis con tal misterio que supongo grave y serio el asunto.
Abadesa	Yo...

Andrea	Y que sea	40
	pronto, porque me impaciento.	
	Ved que me aburren a veces	
	vuestras continuas chocheces	
	y tontunas de convento.	
Abadesa	¡Tened paciencia, hija mía!	45
Andrea	Necesito de paciencia...	
Abadesa	Pues sabed que su excelencia	
	vuestro padre...	
Andrea	Hoy no querría	
	recibirle.	
Abadesa	¡Pena impía!	
	Mas la señora condesa...	50
Andrea	¡Mi madrastra!... Juro a Dios	
	que hoy nos veremos las dos	
	cara a cara.	
Abadesa	Le interesa	
	tratar con vos un asunto...	
Andrea	Pues decidle que la espero.	55
Abadesa	Salid vosotros.	

(A los sacristanes.)

Andrea	Yo quiero	
	que esperéis...	

Abadesa	¡Salid al punto!
Andrea	¡Que no salgáis!
Abadesa	¡Ésta es Mengua!
Andrea	Que calléis, o ¡por el diablo!,
	si pronunciáis un vocablo 60
	os voy a arrancar la lengua.
Abadesa	¡Camándula!, vete, aparta.

(A los sacristanes.)

Andrea	Lleva esta carta, y no espacio,
	a mi padre; y tú, a palacio,
	al capitán, esta carta. 65
	Ved que mucho me interesa,
	que todo entregado quede.
Abadesa	Ved que escribir no se puede...
	Ya voy pudiendo, abadesa.
	Dadme esas cartas a mí. 70

(A los sacristanes.)

Andrea	Salid de aquí o ¡vive Dios!,
	¡que por la reja a los dos
	os arrojo, pesiamí!

(Toma una silla, los sacristanes salen corriendo.)

Escena III
(Andrea y la abadesa)

Andrea	Mirad, tengo veinte abriles
	y al mundo con ansia loca 75
	volver quiero: y esta toca,
	y estos ropajes monjiles,
	despedazar, ¡fiera saña!
	¡Mirarme en este recinto
	cuando yo de Carlos V, 80
	Sol fui en la corte de España!
	Cuando en la sombra me veo,
	recuerdo historias pasadas...
	disputaban mis miradas
	en un duelo, en un torneo. 85
	Yo despertaba ilusiones
	por mi belleza y valía,
	y cuando yo sonreía
	temblaban los corazones.
	De repente, en un momento 90
	quitada su presa al mundo
	y sumida en el profundo
	letargo de este convento,
	exacerbadas las penas
	no creáis me sacrifique, 95
	abadesa, ¡rompo el dique
	y quebranto mis cadenas!
Abadesa	¡Camándula!
Andrea	A un hombre adoro.
	Doquier me sigue su sombra;
	en el claustro y en el coro. 100
	En medio de la oración,
	y en la noche solitaria,
	al escuchar la plegaria
	¡le llama mi corazón!

Abadesa	¡Qué sacrilegio, Dios mío!	105
Andrea	¿Vuestro corazón enjuto no pagó nunca el tributo al humano desvarío?	
Abadesa	¡Camándula!, es verdad, siempre a Dios me consagré y en este claustro pasé lo más grato de mi edad.	110
Andrea	¿Y pensáis que imbécil yo, por dar gusto a no sé quién, venga a encerrarme también al claustro? ¡Mil veces no!	115
Abadesa	El demonio os aconseja, como a Cristo en el desierto.	
Andrea	Abadesa, dad por cierto que yo quebranto esta reja.	120
Abadesa	Las tentaciones son malas, ¿el castigo no os arredra?	
Andrea	De estos muros en las piedra se están quebrando mis alas.	
Abadesa	Con don Lope Pimentel casaos...	125
Andrea	No, ¡por san Pablo! No solo a Dios, sino al diablo, me diera yo antes que a él.	

Abadesa	Es la condición precisa	
	que de vuestro padre el celo...	130
Andrea	Abadesa, tomo el velo;	
	mirad, no estoy indecisa:	
	o don Félix de Montemar	
	es mi esposo, o en el convento	
	pronuncio mi juramento	135
	ante Dios, y ante su altar.	
Abadesa	Como lo sepa el marqués,	
	vuestro novio a Filipinas...	
Andrea	¡Imbécil!, ¿y tú imaginas	
	se lo oculte yo?, ésta es	140
	mi voluntad y con ella	
	iré hasta el cabo del mundo;	
	es un afecto profundo	
	que deja en mi alma una huella...	
Abadesa	¿Un grande amor habéis dicho?	145
	¡Decid locura también!...	
Andrea	Será una locura, bien;	
	yo no cedo en mi capricho.	
	Quieren sepultarme viva,	
	entregarme a ese menguado;	150
	mas don Félix es soldado,	
	y arde en él la llama viva	
	del amor.	
Abadesa	Se armó un belén.	
Andrea	Mirad.	

(Le da una carta.)

Abadesa (Azorada.) ¿Cómo entró al convento?

Andrea No tengáis remordimiento; 155
¡como han entrado otras cien!...

Abadesa ¡Solo del diablo por artes...
de Dios la justicia pesa!

Andrea Amor es luz, abadesa,
penetra por todas partes. 160

Abadesa (Leyendo.) «A la dama enamorada;
a la de los lindos ojos;
que recibe sin enojos
el calor de una mirada;
a la de cintura leve, 165
como el tallo de mimosa;
a la de labios de rosa
bello andar, y planta breve;
a la de los ojos bellos,
sombra y luz del pensamiento, 170
a la que atrevido el viento
ensortija sus cabellos;
a la de tupido velo
que apenas el rostro toca;
a la de purpúrea boca 175
y tez blanca, como el hielo;
a la que de ángel blasona
le ofrece su amor sincero,
su mano de caballero,
del soldado su tizona; 180
quien sabe tan solo amar

	y aguarda con impaciencia,	
	de sus labios la sentencia:	
	don Félix de Montemar.»	
	¡Camándula!, ¡es un horror!	185
	¿Y vos le habéis contestado	
	esta carta?...	
Andrea	¡De contado!	
	Aquí traigo el borrador...	
	Escuchad y no tembléis...	
Abadesa	Son los nervios, hija mía.	190
Andrea	Cualquiera al veros diría	
	que de amores no sabéis.	
Abadesa	¡Camándula!; por mi mal,	
	os atiendo y os escucho,	
	mas con la conciencia lucho...	195
	¡Hoy, confesión general!	
	¡Oh, si quisierais dejarme!...	
	¡Ved que el pecado me pesa!...	
Andrea	¡Por el infierno, abadesa,	
	comenzáis a impacientarme!...	200
Abadesa	Esta mujer está loca;	
	no sé lo que va a pasar.	
Andrea	¡Si os obstináis en charlar	
	os voy a tapar la boca!	
Abadesa	¡Camándula!, ¡es una lucha!...	205
Andrea	¿Y esa mujer?	

(Viendo a la escucho.)

Abadesa	Es sor Juana.
Andrea	¡Que salga, o por la ventana vais vos y la madre escucha!
Escucha	¡Jesucristo!

(Corre.)

Abadesa	¡Diablo aparta!	
Andrea	¿Con que a mí atisbarme?, ¡hola!	210
Abadesa	Se encuentra la estancia sola; ya podéis leer la carta.	
Andrea (Leyendo.)	«Si a una mujer desgraciada, para quien es el convento la mazmorra del tormento, do vive desesperada; si a una mujer desvalida perseguida con furor, y a quien doblega el amor como a una cierva vencida, quiero amante y caballero tender mano protectora, venid, os espero ahora: venid pronto, que os espero. A las dos y bajo el muro donde una ventana rompe, estad, que el oro corrompe al guardador más seguro.	215 220 225

	Venid, tendida la escala	
	ya estará; rondad la calle,	230
	y cuidad que nadie os halle	
	por si es la fortuna mala.	
	Venid, si tenéis amor;	
	venid, que bien puede ser	
	que el alma de esta mujer	235
	dé aliento a vuestro valor.	
	Si el sacrilegio os espanta,	
	abandonad la querella...	
	No lo espero, nuestra estrella	
	llena de luz adelanta.	240
	Venid; sonando las dos,	
	una luz, tras el cristal,	
	momentánea, es la señal.	
	Don Félix, os amo... ¡Adiós!»	
Abadesa	¡Camándula!	
Andrea	¿Qué os parece,	245
	no manejo bien la pluma?	
	¿De mi plan decid en suma...?	
Abadesa	¡El demonio os desvanece!	
	¡Satanás os aconseja!	
	¡Vade retro!... ¡En el convento!	250
Andrea	Cese ya vuestro aspaviento.	

(La toma de la oreja.)

Abadesa	¡Uf, que me arranca la oreja!
	¡Favor! ¡Favor!
Andrea	Aquí sola

(Sacando una pistola y amenazándola.)

	estáis conmigo, abadesa;	
	ved que el secreto interesa.	255
Abadesa	¡Ay!, ¡ay!, ¡ay!... una pistola,	
	quitadla, las carga el diablo.	
Andrea	Solas estamos las dos...	
Abadesa	¡Sí, sí, sí, por Dios, por Dios!	
	¡Santa Úrsula! ¡Santa Madre!...	260
Andrea	¡Una palabra a mi padre	
	y pego fuego al convento!	

(Se va. Suena una campana.)

Escena IV
(La abadesa, después el conde y la condesa.)

Abadesa	¡Camándula, estoy temblando!...	
	¡Qué mujer tan desalmada!...	
	en un tris pierdo la lengua.	265
	¡Que se vaya, que se vaya!	
	¡El señor conde!	
Conde	Abadesa.	
Abadesa	Con impaciencia esperaba	
	vuestra visita... señora...	
Condesa	Parece que está turbada.	270

Conde	¿Qué dice vuestra novicia?
Abadesa	Es un dechado de gracia; ¡que respeto!, ¡qué obediencia!
Condesa	Ésa sí es noticia rara.
Abadesa	No he visto más humildad 275 ni devoción...
Conde	Es extraña tal variación.
Abadesa	Para el cielo nada es imposible, nada...
Conde	Es verdad, pero el carácter...
Abadesa	En esta mansión sagrada 280 todo se humilla y doblega, y el carácter se avasalla.
Conde	Como lo pensé, condesa.
Condesa	¿Y qué, dispuesta se halla al casamiento?
Abadesa	Lo ignoro... 285 ya le hablará vuestra gracia; ¿queréis que la llame?
Conde	Al punto.
Abadesa (Aparte.)	Va a comenzar la batalla; va a ser la de Dios es Cristo;

(Toca la campanilla.)	aquí muere la madrastra. A sor Andrea.	290

(A una monja.)

Conde	Yo tengo, sin querer, una esperanza. El señor de Pimentel es un buen marido, vaya, rico, potentado, noble, y muy querido en España. Sesenta años es muy poco para un hombre de su talla. Su porte todo lo cubre; maneja muy bien la espada: aún se luce en el sarao.	295 300
Abadesa (Aparte.)	¡Pues esta noche, aquí baila!	
Condesa	Señor, pero vuestra hija de él no está enamorada; sino de ese capitán que al virrey le da la guardia.	305
Conde	Ella amará a quien yo diga: ¡será a Pimentel y basta!	

Escena V
(Dichos y Andrea.)

Andrea	¡Señor padre!

(Besándole la mano.)

Conde	¡Hija querida!

Condesa (Aparte.)	¡Vamos, parece una santa!	310
Conde	Saluda a tu buena madre.	
Andrea	¡Eso no me da la gana!	
Condesa	¡Ya lo veis!	
Conde (Aparte.)	Vamos, paciencia.	
Abadesa (Aparte.)	Aquí tronó el santabárbara.	
Andrea	¡Ni esa señora es mi madre; ni sé a qué viene a esta casa!	315
Conde	Cálmate y hablemos algo que mucho a tu suerte cuadra...	
Condesa (Aparte.)	Esta mujer es el diablo; yo le daré la revancha...	320
Conde	Mi esposa y yo no tratamos...	
Andrea	Hacen bien.	
Conde	Andrea, aguarda; no queremos violentarte... pero tengo la esperanza de verte libre, dichosa.	325
Andrea	¡Pues sacadme de aquí y basta!	
Conde	Pues, bien, ya trataremos eso...	

Abadesa (Aparte.)	¡Ojalá y se la llevaran!	
Conde	Don Lope de Pimentel con loca pasión te ama.	330
Andrea	Pues yo a ese hombre lo detesto, ¡lo aborrezco con el alma!	
Conde	Escucha: será tu esposo y partirás para España, a brillar en esa corte por tu hermosura y tu gracia. Serás rica, poderosa, y acaso llegues a dama de la reina...	335
Andrea	Padre, padre, esta mansión solitaria es preferible a esa vida con un hombre de esa estampa: ¡viejo, achacoso y más feo que el mismo diablo!	340
Abadesa (Aparte.)	¡Ya escampa! Dice bien el señor conde...	345
Andrea	Que no metáis la cuchara; ¡lo escucha!, a más que ninguno le ha dado aquí la palabra.	
Abadesa	Yo creía...	
Andrea	Muy mal creído.	

Abadesa	Pues entonces, lengua, calla.	350

Andrea ¿Y ése es todo vuestro asunto?
(Al conde.) Ya estoy enterada.

Conde Falta...

Andrea Pues ya escucho.

Conde Que mis iras
de tanto sufrir estallan.
Soy vuestro padre, y yo mando; 355
es mi voluntad sagrada,
y o con don Lope os casáis,
o en esta misma semana
tomáis el velo, ¡y la antorcha
de vuestra vida aquí acaba! 360
¿Lo entendéis?

Condesa Señor, calmaos.

Andrea (Aparte.) ¡Contengo apenas mi rabia!

Condesa Yo espero que hija obediente
y dócil...

Andrea ¡Por san demonio!,
¡que ya me tenéis cansada! 365
Si queréis que yo me case,
dejad que elija.

Abadesa (Aparte.) ¡Camándula!

Conde Sé que el capitán don Félix
ronda el convento y aguarda
obtener tu voluntad... 370

Andrea	Pienso que la tiene.
Abadesa (Aparte.)	¡Cáscaras!
Conde	Pero no tiene la mía. ¡Y con la tuya no basta!
Condesa (Aparte.)	Ya se hace esperar don Lope, y así nuestro plan fracasa. 375

(Suena una campana.)

Abadesa	Permitidme, voy a ver; ha sonado la campana.
Condesa	No hay necesidad. ¡Don Lope!
Abadesa (Aparte.)	¡Solo este mono faltaba!

Escena VI
(Dichos y don Lope de Pimentel.)

Don Lope	Conde, señora condesa. 380

(Saludando.)

Conde	Mucho os hacéis esperar.
Don Lope	Me he detenido al entrar. Niña... señora abadesa.

(Saludando.)

Conde	Vamos, pasad al momento.

Don Lope	Turbado estoy y reparo	385
	desde que entré en el convento	
	está pasando algo raro.	
Condesa	Se trata de vos...	
Don Lope	¿De mí?	
	¡Que me place!	
Conde	Caballero,	
	yo exijo de vos, y quiero	390
	que habléis con mi hija.	
Don Lope	Eso es muy puesto en razón,	
	mas no tengo que decirla;	
	que con humildad pedirla	
	para mi afán, compasión,	395
	yo confieso que la adoro	
	y que bien dichoso fuera	
	si ella dulce consintiera...	
Abadesa (Aparte.)	Aquí le sueltan el toro.	
Conde	Vamos, contesta, hija mía,	400
	que ya tu respuesta tarda.	
Andrea	Puesto que don Lope aguarda,	
	que escuche su señoría.	
	Hace seis años que os vi	
	con vuestro lujoso porte,	
	de Madrid allá en la corte,	405
	os presentaron a mí...	
	Si mal no estoy recordando	
	vuestra esposa, que en Dios haya.	

Don Lope	Me impidió...	
Andrea	Tened a raya; permitid, yo estoy hablando...	410
Don Lope	Continuad.	
Andrea	Fue doña Estrella una hermana para mí; ni sospeché, ni creí que estaba sobre su huella... ¡Murió!...	415
Don Lope	Desde entonces creo ¡amé con idolatría!...	
Andrea	Don Lope, desde ese día ¡conocí que erais muy feo!	
Abadesa (Aparte.)	¡Sopla!	
Don Lope	Sí...	
Andrea	Y el entrecejo no pleguéis; vuestra pasión hizo ver a mi razón ¡que a más de feo, erais viejo!	420
Abadesa (Aparte.)	¡Camándula!	
Conde	¡Mi frente arde!	
Condesa	¡Qué lenguaje tan grosero!	425
Andrea	¡Y que de buen caballero, os tornasteis en cobarde!	

Don Lope	¡Por mi fe, tamaña ofensa!	
Andrea	Lo dicho; en este momento	
	por vos está en el convento	430
	una mujer indefensa...	
	¡Sí, por vos sufro este yugo,	
	quieren que ante vos sucumba,	
	o abren para mí esta tumba	
	siendo mi padre el verdugo!	435
Condesa (Aparte.)	¡Yo con su cólera arrostro,	
	vuestro afán es temerario!	
Andrea	¡Callad, o con mi rosario	
	os voy a cruzar el rostro!	

(La amenaza.)

Conde	¿Pero qué es esto, Dios mío?	440
	¡Está loca esta mujer!	
Andrea	¡Loca me queréis volver	
	con vuestro rigor impío!	
Conde	¡Hija ingrata!	
Andrea	¡No me arredro!	
Abadesa	¡Ésa ya es mucha fiereza!	445
Andrea	¡Ved que os rompo la cabeza	
	con las llaves del San Pedro!	
Conde	¡Don Lope de Pimentel,	

	vamos de aquí!	
Don Lope	Vamos presto...	
Condesa	Señora, os va a ser funesto para vos y muy cruel...	450
Andrea	¡Y qué se me importa a mí la explosión de vuestra ira!	
Condesa	Si me parece mentira, ¡Pimentel, vamos de aquí!...	455
Don Lope	Perdonad, fuera siniestro el porvenir e inhumano: yo renuncio vuestra mano.	
Andrea	¡Renunciáis lo que no es vuestro! Y hacéis bien, por vida mía, pues yo que fuera que vos, al mirar que entre los dos no hay amor, renunciaría. Ni yo os he llamado aquí a que ensayaseis fortuna, ni vaga esperanza alguna os hice alentar por mí. Idos, pues, y no volváis; y si calculasteis necio herirme con el desprecio, también os equivocáis.	460 465 470
Abadesa (Aparte.)	¡Camándula!, ¡pico de oro!	
Don Lope	Perdonad, no fue mi intento perderos el miramiento	

	ni ultrajar vuestro decoro.	475
Andrea	¡Id en paz!	
Condesa	Yo aquí me quedo...	
Abadesa (Aparte.)	Se la come. Adiós, señora.	
Conde	Vámonos, en mala hora vinimos.	
Abadesa (Aparte.)	Yo tengo miedo.	

Escena VII
(Dichos, menos don Lope y el conde.)

Andrea	Curiosa estoy por saber, ¿qué me tenéis que decir?	480
Condesa	Tened calma para oír.	

(Se sientan.)

Andrea (Aparte.)	¡Me impacienta esta mujer!	
Condesa	Os amo como a la prenda que llevara en mis entrañas.	485
Andrea	No comencéis con patrañas si queréis que yo os atienda.	
Abadesa (Aparte.)	¡La clavó!	
Condesa	Sabéis muy bien...	

Andrea   Que odio tenéis para mí,
                 y que yo jamás sentí   490
                 para vos más que desdén;
                 es ésta la realidad
                 que fórmulas no respeta;
                 arrojemos la careta
                 y hablémonos la verdad.   495
                 ¿Me habéis comprendido?

Condesa   Sea,
                 que ya me cansa, a fe mía,
                 usar tanta hipocresía:
                 me vais a escuchar, Andrea.
(Se levanta.)   Don Félix de Montemar   500
                 es un hombre a quien yo adoro...

Andrea   Guardad, señora, el decoro,
                 que yo no os puedo escuchar.

Condesa   No obstante. Le conocí;
                 y aquél fue un amor inmenso: 505
                 aún siento, cuando lo pienso,
                 el fuego latir en mí...

Andrea   ¡Pero él nunca os amó!

Condesa   No lo sé; pero en mi mente
                 brotó un relámpago ardiente   510
                 ¡que mi existencia alumbró!
                 Su terrible indiferencia
                 era un fatal incentivo;
                 sabed que aun casada, vivo
                 para él, y mi existencia   515

| | va tras la suya a distancia,
y al saber que él os adora
¡fuego de celos devora
mi corazón!... | |
|-----------|---|-----|
| Andrea | ¡Qué arrogancia! | |
| Condesa | Sé que os ama, que os adora,
que sois alma de su alma... | 520 |
| Andrea | No sé cómo tengo calma
para escucharos, señora. | |
| Condesa | Aguardad... | |
| Andrea | ¡Acabad presto;
y no abuséis, por Dios santo,
de mi paciencia! | 525 |
| Condesa | El quebranto
que sufro os va a ser funesto. | |
| Andrea | Pláceme vuestra deshonra
y que el dolor os taladre.
Tenéis que callar. ¡Mi padre
pendiente está de su honra;
y si la fortuna ingrata
viene a romper este velo,
señora, llamad al cielo
que os ayude, porque os mata!... | 530

535 |
| Condesa | No lo sabrá; no, por Dios,
os lo juro por mi nombre:
las dos amamos a un hombre:
¡lo perderemos las dos! | |

Andrea	¡O calláis, u os escarmiento!	540
Condesa	Don Félix de Montemar debe esta noche casar con Beatriz...	
Andrea	¡Mentís!	
Condesa	¡No miento!	
Andrea	Vos queréis que yo maldiga hasta el día en que nací...	545
Condesa	Mi afán lo ha querido así, es de mis celos la intriga.	
Andrea	¿Con que se casa?	
Condesa	¡Sí, a fe! Desterrad toda esperanza.	
Andrea	¡Venganza!... ¡quiero venganza! ¡Lo juro... me vengaré! ¡Salid de aquí!	550
Condesa	Quedaros vos en esta cárcel sombría. ¡Gózate, venganza mía!	
Andrea	¡Que salgáis!	
Condesa	Quedad con Dios.	555

Escena VIII
(La abadesa y Andrea.)

Abadesa   ¡Cielo santo, qué turbión!
                      ¡Y qué va a pasar aquí!

Andrea   ¡Cayendo está sobre mí
                      del cielo la maldición!
                      ¡Casado!... no, por quien soy;   560
                      aliento brío y coraje.
                      ¡Pero esta reja!... ¡este traje!...
                      ¡todo a quebrantarlo voy!
                      ¡Ligas que forjó la suerte
                      sobre mi existencia triste;   565
                      sombra que el cielo reviste:
                      silencio horrible de muerte!
                      ¡Cárcel que encierras mi vida
                      cuyo Sol toca a su ocaso;
                      rejas que cierran mi paso;   570
                      ved esta llama encendida
                      que el corazón me devora
                      y está quemando mis venas!...
                      Sorbo el llanto; y mis cadenas
                      ¡voy a quebrantar ahora!   575

Abadesa (Con ansiedad.)
                      ¿Qué pensáis?

Andrea (Resuelta.)   ¡Dadme la llave!

Abadesa   ¡No la tengo!

Andrea (Amenazándola.)
                      ¡Os exponéis!

| Abadesa | Aquí está, mas no podréis
salir... | |
|---|---|---|
| Andrea | En mi pecho cabe
de venganza tal deseo,
que si al instante no salgo
vais a ver lo que yo valgo;
¡y que es funesto preveo! | 580 |
| Abadesa | Por la puerta de la iglesia
podéis salir, sor Andrea... | 585 |
| Andrea | ¡Yo abriré con una tea
estas puertas! | |

(Se va corriendo.)

| Abadesa | ¡Ay, magnesia! |

Escena IX
(La abadesa, sola.)

| Abadesa | ¡Jesús!, es un energúmeno
con ese ciento satánico;
si encuentra algún catecúmeno
lo va a hacer morir de pánico...
Ya de mis huesos la médula
se hiela... no encuentra obstáculo;
¡hoy pone al convento cédula
y quema hasta el tabernáculo!...
¡Qué rostro!, ¡qué horrible físico!
¡Me causa un dolor hepático!
¡Si al más gordo vuelve tísico
y rompe el nervio simpático!
Vuela doquier como un tábano; | 590

595

600 |

36

su ardor febril es erótico;
y le va a importar un rábano
darnos a todos narcótico.
Su corazón es escéptico...
Ya estoy cansada de escándalos;   605
caigo como un epiléptico
en una entrada de vándalos.
Éste es el diablo. ¡Camándula!
Es un demonio católico
que ha metido esta farándula,   610
y en el convento este cólico.

(Se oye el toque de fuego.)

¿Qué es ese toque terrífico
que nada tiene de ascético?
¡Fuego!, ¡fuego!, ¡un sudorífico!
¡Yo quiero tártaro emético!   615

Escena X
(Dicha y las monjas. Todos en desorden.)

Monjas   ¡Jesús! ¡Jesús!

Abadesa   ¡Padre lego!
                    ¡Dios mío!, ¿por dónde corro?
                    ¡Es un incendio; socorro!

Todas   ¡Fuego, fuego, fuego, fuego!

Escena XI
(Dichos y Andrea, en traje de hombre y con la espada en la mano.)

Abadesa   ¿Adónde vais?

Andrea	¡Callad vos!	620

                           Me abro paso entre las rejas.
                           ¡Consuma el fuego a estas viejas,
                           y que me perdone Dios!

                           Fin del primer Acto

Acto II
(El teatro representa un gran salón. Galería en el fondo. Puertas laterales. En el centro una mesa elegantemente servida. Es de noche.)

Escena I
(El mayordomo y los criados, concluyendo de disponer el salón.)

Criado	Jamás hemos presenciado una fiesta más espléndida.	
Mayordomo	Como que don Juan de Lara no halla rival en su hacienda; rico, poderoso, noble, por eso aquí el lujo reina.	5
Criado	¡Doña Beatriz es hermosa!	
Mayordomo	¡Es sin rival su belleza! Feliz el novio, hijo mío, que tales prendas se lleva; don Félix de Montemar bien sabe lo que se pesca. ¡Capitán afortunado, gran dote y linda doncella!	10
Criado	Va a comenzar el sarao.	15
Mayordomo	Un máscara se presenta.	

Escena II
(Dichos y Andrea enmascarada.)

Mayordomo	¿Qué se ofrece al disfrazado?
Andrea	Solo darte estas monedas.

(Se las da.)

Mayordomo	Es buen principio, a fe mía. ¿Y que queréis?	
Andrea	Que me atiendas.	20
Mayordomo	Ya escucho al del antifaz; que debe ser excelencia.	
Andrea	Vas a responderme presto. ¿Qué significa esta fiesta?	
Mayordomo	Sin duda venís de China o de África, ¡qué bobera!	25
Andrea	¡Responded a mi pregunta que a hervir ya mi sangre empieza!	
Mayordomo	Bríos el máscara tiene.	
Andrea	¡Y coraje!	
Mayordomo	Su impaciencia calme, que allá va la historia que toda la ciudad cuenta. Don Félix de Montemar, capitán de la nobleza, rico, apuesto, muy galante, caballeroso y etc.	30 35
Andrea	Habláis hasta por los codos. Continuad, que me interesa.	

Mayordomo	Es el mortal más dichoso	
	que existe sobre la tierra...	40
	cuando menos lo pensaba,	
	lo hace llamar su excelencia	
	el virrey, y lo anonada	
	con una noticia inmensa,	
	¡piramidal!	
Andrea	¡Por el diablo!	45
	¡No me rompáis la cabeza!	
Mayordomo	Le dice que allá en la corte	
	de Madrid, hay quien anhela	
	un enlace de familia	
	con los De Lara...	
Andrea (Aparte.)	¡Qué afrenta!	50
Mayordomo	Y que ya el rey intervino.	
	y que... ya entendéis la gresca...	
	doña Beatriz ha llorado...	
	su pobre novio protesta;	
	pero no hay remedio, amigo,	55
	los esponsales se arreglan.	
	Ya los novios han firmado,	
	y en su honor se da esta fiesta.	
Andrea	¿Y cuándo es el casamiento?	
Mayordomo	Solo las galas se esperan.	60
Andrea	De doña Beatriz el novio,	
	¿cómo se llama?	

Mayordomo	Es quimera
	hasta hablar de ese infelice
	que un gran desengaño lleva.
Andrea	Decid su nombre, ¡o por Cristo, 65
	que os aligero la lengua!
Mayordomo	Don Juan de Saldaña se llama,
	y es capitán.
Andrea	¡Brava pena!
	Le he conocido en España
	por valiente y calavera. 70
	Está bien.
Mayordomo	¿No se os ofrece
	algo más?
Andrea	Que estéis alerta...
Mayordomo	¡Bien!...
Andrea	Necesitaros puedo...
Mayordomo	Como gustéis...
Andrea	Tened cuenta
	que hay oro...
Mayordomo	Tras él navego. 75
Andrea	Pues te tendrá buena cuenta.
	¿Puedes resolverte a todo?
Mayordomo	A todo.

Andrea	Sí, como suena.
Mayordomo	Sí, yo a todo estoy dispuesto, como paguéis.
Andrea	Mis monedas 80 son oro.
Mayordomo	Así me acomoda; y habladme que estoy deprisa.
Andrea	Pues necesito un narcótico que no falle...
Mayordomo	¡Ésa es empresa que debe costaros mucho! 85
Andrea	No me rompáis la cabeza, ¡con mil diablos!
Mayordomo	Pues lo tengo.
Andrea	Pues al servir esta mesa, a todos los concurrentes les daréis...
Mayordomo	En las botellas 90 lo verteré: en el momento dormirán a pierna suelta.
Andrea	Pues toma eso adelantado.
Mayordomo	Oh, descuide, su excelencia, es un narcótico puro. 95

Andrea	Si no cumples con tu oferta, ¡mira!	

(Enseñándole un puñal.)

Mayordomo	Es inútil del todo; ¡yo soy hombre de conciencia! ¡Dormirán, os lo prometo!	
Andrea	Cuenta con cumplir. ¡Alerta!	100

(Se va el mayordomo.)

	Está arreglado el negocio. El capitán.	
(Viendo a Saldaña.)	¡Que me alegra!	

Escena III
(El capitán Saldaña y Andrea.)

Capitán	Es espantoso este afán; siento en mi dolor, estrecho el cóncavo de mi pecho, ¡para sufrir!...	105
Andrea	¡Capitán!	
Capitán	¿Me conocéis?	
Andrea	¡Sí, por Dios! Os conocí desde España; y vamos a hablar, Saldaña, aquí, un momento los dos.	110
Capitán	¿Qué me tenéis que decir	

| | ni yo escucharos con calma,
cuando en pedazos el alma
tengo de tanto sufrir?
¡El infierno en mi camino   115
con ímpetu se atraviesa!

Andrea   Ved que hablaros me interesa...

Capitán   Hablad, que de mi destino
            no cambiaréis el sendero.

Andrea   ¡Quién sabe!

Capitán   El del antifaz,   120
            ¿me conoce?

Andrea   Sois tenaz,
            y yo consolaros quiero...

Capitán   ¡Qué consuelo cabe en mí,
            cuando la mujer que adoro,
            se vende al brillo del oro,   125
            olvida mi frenesí!
            ¡En mi hondo afán no repara,
            y olvida, ingrata, mi amor!
            ¡Veré si tiene valor
            para verme, cara a cara!   130

Andrea   ¡Por Dios, que estáis imprudente!

Capitán   De todo me hallo capaz...

Andrea   Si os quitáis el antifaz,
            os perdéis.

Capitán	¡Estoy demente!	
Andrea	No me conocéis, Saldaña,	135
	yo soy un hombre de honor;	
	fiad en mí, tened valor.	
Capitán	Vuestra entereza me extraña.	
Andrea	No la extrañéis, ¡vive Dios!,	
	que si la venganza os guía,	140
	vuestra venganza es la mía;	
	ella nos une a los dos...	
	Don Félix de Montemar,	
	de mi hermana prometido,	
	se casa hoy, y he venido	145
	tamaño ultraje a vengar...	
	Impulsado por mi saña	
	le vengo a insultar aquí;	
	tiene de matarme a mí,	
	o yo le mato, Saldaña;	150
	mas quiero antes de matarle,	
	si el diablo me presta ayuda,	
	lo juro, no tengáis duda,	
	capitán, quiero infamarle.	
Capitán	No os comprendo...	
Andrea	Fácil es;	155
	¿tenéis listo vuestro acero?	
Capitán	Listo; y ayudaros quiero	
	con el más vivo interés.	
Andrea	Bien claro en vos se demuestra,	
	capitán; tened un coche	160

	a la puerta, que esta noche	
	doña Beatriz será vuestra.	
Capitán	¿Os burláis?	
Andrea	¡Idos al diablo!	
	No mostréis desconfianza;	
	se hunde aquí nuestra venganza	165
	si pronunciáis un vocablo.	
Capitán	No me ha de faltar aliento;	
	empeño sangre toda.	
Andrea	No ha de llorar esta boda	
	mi hermana, allá en el convento.	170
Capitán	¿El vizconde de Cifuente	
	sois vos?	
Andrea	Y en el regimiento	
	alférez.	
Capitán	Conocimiento	
	muy honroso...	
Andrea	Antecedentes	
	tengo de grande valía.	175
	Os doy mi amistad...	

(Le tiende la mano.)

Capitán	¡Muy bien!
	Pero recordad también
	que os puede servir la mía.

(Viendo a la condesa.)

Andrea	Mi madrastra. Idos de aquí y no me perdáis de vista.	180
Capitán	¿Preparáis una conquista?	
Andrea	¡Una gran conquista, sí!	

(Se va Saldaña.)

Escena IV
(Andrea, la condesa y un Máscara.)

Condesa	Gracias, me quedo un momento...	
Máscara	¿Tan pronto?	
Condesa	Estoy muy cansada.	
Máscara	Pues te dejo acompañada.	185
Condesa	Gracias.	

(Se va el Máscara.)

Andrea	La cólera siento invadir mi sangre toda, tendré sobre mí, poder; ¡aborrezco a esta mujer!...	
(Acercándose.)	Si a la dama le acomoda el que le haga compañía un galante caballero, el ser su pareja quiero,	190

	como vos queráis ser mía.	
Condesa	Me parecéis atrevido...	195
Andrea	Siempre lo fui con las bellas, y con dulce afán, sus huellas por donde quiera he seguido.	
Condesa	¿Sabéis que yo soy hermosa?	
Andrea	Bien lo dice esa fugaz mirada que el antifaz no encubre; labios de rosa, leve y hermosa cintura, y entre los pliegues, se ve destacar el lindo pie que lleváis en miniatura. Esa figura simpática revela vuestra belleza, y denuncia la nobleza esa mano aristocrática. Me parece adivinar quién sois...	200 205 210
Condesa	¡Decidme, lo quiero!	
Andrea	A mi fe de caballero, no sé, condesa, faltar.	
Condesa	¿Quién sois vos?	
Andrea	Si lo dijera, o lo pensara decir, inútil era encubrir la faz.	215

Condesa	¡Y si yo quisiera!...	
	Mi insistencia no os asombre...	
Andrea	¿Que mi nombre revelara?	220
	Os mostraría mi cara	
	y os dijera hasta mi nombre.	
Condesa	Tal vez os vais a encontrar	
	con que ya lo sé.	
Andrea	¡Quimeras!	
Condesa	Mirad que os hablo de veras:	225
	«don Félix de Montemar».	
Andrea	Yo no sé mentir, señora;	
	soy don Félix que la huella	
	os sigue, y busca su estrella	
	porque rendido os adora.	230
	Don Félix que por su mal	
	hoy cumple forzosa ley	
	con la voluntad del rey,	
	dando a su amor un rival.	
	¡Sí, don Félix que agitado	235
	va tras de vos en su afán!...	
Condesa	¿Habláis serio, capitán?	
Andrea	¡Nunca como ahora he amado!	
	En silencio mi pasión,	
	como un volcán ha crecido;	240
	sombras le pedí al olvido	
	y se rehusó el corazón:	
	tal vez porque está mi rostro	

	cubierto, el valor me alienta;	
	ved la terrible tormenta	245
	del alma que ante vos postro.	
	¡Tened compasión de mí,	
	yo aborrezco a la De Lara!	

Condesa ¡Callad, por Dios!

Andrea   Y rehusara
         su mano en mi frenesí.   250

Condesa ¿Tenéis valor?

Andrea   ¡Sí, le tengo!
         Proponed, señora, el modo
         de evadir, resuelto a todo,
         esa demanda sostengo.

Condesa Pues bien, Montemar, yo os amo,   255
         como vos me amáis a mí.

Andrea   Habladme, condesa, así.
         Por compasión lo reclamo.

Condesa ¿Desafiáis a la suerte?

Andrea   Con el alma y el aliento;   260
         señora, ¡en este momento
         combatiera con la muerte!

Condesa ¡Bien, muy bien! Venid conmigo
         y dejemos este suelo,
         donde no encuentra consuelo   265
         nuestro amor, ni un dulce abrigo.

Andrea	¡Acepto! ¡Inmensa fortuna!...	
	Permitidme que lo exija,	
	condesa, vuestra sortija...	
(Se la da.)	Esperadme al dar la una,	270
	cuando os la presente aquí;	
	no extrañéis si un nuevo traje...	
Condesa	Comprendo... estamos de viaje...	
	¿Me amáis, don Félix?	
Andrea	¡Ah!, ¡sí!	

Escena V
(Andrea sola.)

Andrea	Infame, mujer procaz;	275
	deshonra vil de un esposo,	
	no has visto el rayo furioso	
	brillar tras el antifaz;	
	la pulsación de mi mano,	
	¿no te habló de mi venganza	280
	ni mi rencor inhumano?	
	¡Horas de tu suerte insanas,	
	ante mi afán vengador	
	te arrastran!... ¡El deshonor	
	no caerá sobre sus canas!...	285
	¡Tú me retaste, y el reto	
	acepté; tremenda guerra!	
	¡Vivirás en esta tierra,	
	con tu deshonra en secreto!	

(Aparece un grupo de máscaras del que se desprende el conde de Cifuente.)

Escena VI
(Andrea, el conde y máscaras.)

Conde	Dejadme en paz, que la broma	290
	es pesada, ¡idos al diablo!	
Andrea (Aparte.)	¡Mi padre!	
	¡Infernal canalla!	
Conde	Me tienen atarantado...	
	¡Hola, otro máscara aquí!	
Andrea	En mí no pongáis reparo,	295
	soy un máscara ambulante;	
	un máscara como tantos.	
Conde	Éste lo toma a lo serio;	
	¡bravo por el joven, bravo!	
Andrea	Como que en serio hablar quiero.	300
Conde	Pues hablad...	
Andrea	Ved que si hablo	
	os puede pesar...	
Conde	Misterios	
	tiene el buen enmascarado.	
Andrea	¡Misterios!, pero de honra,	
	¿comprendéis?	
Conde	No, ni un vocablo.	305
Andrea	Tal vez os afecten, conde...	

Conde   ¿Me bromeáis? ¡Por San Pablo!
          Que a la primera palabra
          de ofensa, aunque soy anciano,
          el acero de otros tiempos   310
          puede sostener mi mano.

Andrea   ¡Conmigo, nunca!

Conde   ¡Acabemos!
          Por mi parte no habrá entrambos
          porque reñir...

Andrea   Escuchadme,
          que no es broma...

Conde   Pues estamos   315
          solos; romped el silencio.

Andrea   Pues jurad que mi relato
          oiréis con calma...

Conde   ¡Lo juro!
          Vamos al asunto...

Andrea   ¡Vamos!...
          ¿Confiáis en vuestra esposa?   320

Conde   ¡Juro a Dios!

(Echa mano a la espada.)

Andrea   ¡Tened la mano!...
          O llena de duda el alma,
          os dejo, conde, y me marcho...

Conde	Me daréis cuenta de la honra ¡con vuestra vida!	
Andrea	¡Qué ingrato sois con el mejor amigo que tenéis!	325
Conde	Hablemos claro. ¿Os burláis?	
Andrea	Que no me burlo; ¡os lo juro, por Dios santo!	
Conde	Me hacéis temblar...	
Andrea	Señor conde, tocadme: yo estoy temblando...	330
Conde	Hablad, tened compasión de un triste y mísero anciano, que presume su deshonra y que se siente burlado.	335
Andrea	¡No, por Dios!, que si tal fuera, no estaríamos hablando...	
Conde	No os conozco, caballero, y ya sin querer os amo.	
Andrea	Pues oídme: aquí esta noche en medio de este sarao, contra vos se conspiraba... ¡Vuestro honor!... ¡fiero sarcasmo! Vuestra esposa envilecida que ya sin respeto humano	340 345

	se burla de vos...
Conde	¡La muerte! ¡Que venga tras este dardo que mi corazón ha herido, causándome horrible estrago!
Andrea	Me equivocó con su amante, 350 y una fuga concertando...
Conde	¿Es posible tal infamia? ¿No hay Dios que me dé su amparo? ¡Pero eso es una mentira; no, no, que os estáis burlando! 355
Andrea	¿Conocéis esta sortija?
Conde	¡Es la suya; cielo santo!
Andrea	Pues bien; tomad un disfraz...
Conde	Pero...
Andrea	No pongáis reparo; y venid a la una en punto 360 a este salón; no hay cuidado, ella vendrá en vuestra busca; no pronunciéis un vocablo; enseñadle la sortija, y os seguirá...
Conde	¡Caso extraño! 365 ¡Tomaré cruda venganza! ¡Sí, de mi honor ultrajado!

Andrea	¿Qué vais a hacer, señor conde?	
Conde	¡A matarla!	
Andrea	Es un mal paso
que os puede pesar mañana.	370
Conde	¿Qué hacer entonces?	
Andrea	La ofensa
es grave, conde, pensadlo.
Mas sabed, y mucho importa,
que no ha llegado a faltaros.	
Conde	Saborearé mi venganza,
en un convento guardando
esa podrida existencia,
con su roedor gusano.
¡Morirá tras esas rejas
sin ver la luz del Sol claro,
desesperada, maldita
entre las sombras del claustro! | 375

380 |

(Se va.)

Escena VII
(Andrea, después don Juan de Saldaña.)

Andrea	Mi venganza está cumplida,
¡la pena del Talión, bravo!
La casada entróse monja,
y la monja... ¡está danzando!
¡Hola, capitán, venid,
que ya nos pide el sarao!	385

Capitán	Dejadme aquí, ¡vive Cristo!,	
	que yo estoy desesperado...	390
Andrea	Las dos, y Beatriz es vuestra;	
	vamos, apretad la mano,	
	miradla; busca al esposo	
	y encuentra a vos, hablad claro,	
	preparadla con palabras,	395
	ablandadla con el llanto,	
	o decidla que esta noche	
	¡carga con los dos el diablo!	

(Se va.)

Escena VIII
(Don Juan y Beatriz.)

Don Juan	¡Beatriz, Beatriz!	
Beatriz	¡Capitán!	
	¿Vos aquí?	
Don Juan	Mi pecho ardiente	400
	al perderos de repente,	
	os busca con tierno afán.	
	Mirad que estoy ofendido,	
	y en la noche sepultado,	
	de un dolor nunca esperado,	405
	de un dolor nunca sentido.	
	¡Os casáis!... ¡Terrible suerte!	
	¡Y aún respiro todavía!	
	¿Por qué a mi horrible agonía	
	no acude airada la muerte?	410
	¡Os casáis!, ponéis un mundo	
	de amargura entre los dos...	

	¿Pues qué, ya no existe Dios?	
Beatriz	¡Calmad el dolor profundo!	
	Los dos sufrimos lo mismo,	415
	también yo soy desgraciada.	
	¡Como a vos, la suerte airada	
	me sepulta en un abismo!	
Don Juan	¡Sed a mis quejas sensible;	
	calmad mi acerbo sufrir!...	420
	Busquemos el porvenir;	
	seguidme, pues.	
Beatriz	¡Imposible!	
	De don Félix prometida,	
	está empeñada mi fe;	
	y no retrocederé	425
	aun a costa de mi vida.	
	¡Sé lo que debo a mi honor	
	y a lo ilustre de mi cuna;	
	cébese en mí la fortuna,	
	despedáceme el dolor!...	430
	¡Que si el destino inclemente,	
	pudo hacerme desgraciada,	
	encontrará levantada	
	y siempre pura mi frente!	
Don Juan	¿No os conmueve mi dolor,	435
	mi desesperado afán?	
Beatriz	Sabed cumplir, capitán,	
	vuestros deberes de honor...	
Don Juan	Ved que estoy en el delirio;	
	y que mi martirio es doble,	440

	al ver a ese hombre...	
Beatriz	Sed noble, y aceptemos el martirio...	
Don Juan	¡No, por quien soy, desgraciada! ¡Yo no os dejaré jamás!	

(Le toma una mano.)

Beatriz	¡Capitán, echad atrás; soy una mujer casada!	445
Don Juan	Y qué se me importa a mí, que seáis casada o no, si el burlado he sido yo y vos me tratáis así. Yo soldado de la flota, no haré un papel de cordero, que si noble y caballero, puede sufrir la derrota de una dama, ¡ira de Dios!, no he de tolerar que un hombre haga burla de mi nombre, ¡ya es cuestión entre los dos!	450 455
Beatriz	Ese paso injusto fuera sin que aventajaseis nada.	460
Don Juan	Entre la gente de espada la cosa es de otra manera.	
Beatriz	¡Me tratáis cual no merezco!	
Don Juan	No, como debo, tal vez...	

Beatriz	A raya vuestra altivez.	465
	¡Capitán, os aborrezco!	
	Se rompieron nuestros lazos,	
	¡quedad con Dios!	

(Se va.)

Don Juan	¡Furia insana!	
	¡Tú despertarás mañana,	
	sin orgullo, entre mis brazos!	470

(Al salir Beatriz, que se ha puesto el antifaz, se encuentra con un gran grupo de Máscaras que llega del salón con don Félix, también disfrazado. Toma del brazo a doña Beatriz.)

Escena IX
(Dichos, don Félix y los Máscaras.)

| Don Félix | ¿Qué hacéis aquí, capitán, | |
| | con esa cara tan larga? | |

| Don Juan | Si venís a darme carga, | |
| | perdéis el tiempo. | |

Don Félix	Don Juan,	
	tenéis los carrillos rojos,	475
	la frente descolorida,	
	y una lágrima perdida	
	se está asomando a los ojos;	
	no lo toméis a lisonja.	

Don Juan (Con desdén.)		
	Yo tampoco la merezco;	480
	¿decidme si comparezco	
	ante un militar o monja?	

Don Félix	Ésa no es cosa que aquí	
	os pudiera contestar,	
	mas si lo queréis probar,	485
	eso me es fácil a mí.	
	No, por Dios, sois muy valiente...	
Don Juan	¡Más que vos, bien puede ser!...	
Don Félix	¿Me insultáis?	
Don Juan (Al oído.)	Una mujer	
	lleváis al brazo imprudente.	490
Don Félix	Mañana al rayar el día,	
	don Juan, os iré a matar.	
Don Juan	Bien, señor de Montemar,	
	confío en vuestra hidalguía.	
Don Félix	¡A la mesa, compañeros,	495
	que ya la broma ha pasado!	

(Se pone la careta.)

Todos	¡A la mesa!

(Se sientan y comienzan a beber.)

Don Juan (Aparte.)	¡Estoy salvado!
	Cruzaremos los aceros.

Escena X

(Dichos, el conde con Andrea, la condesa por el lado opuesto. Entran disfrazados; aprovechando el desorden se acerca el conde a la condesa.)

Conde	Llegó el momento fatal.	
Andrea	Valor, seguid adelante...	500
Conde	¿Conocéis este brillante?	

(A la condesa recatadamente.)

Condesa	Por lo menos es igual. ¿No tenéis palabra alguna que decirme?	
Conde	Sí, condesa, y decirla me interesa... Escuchad, suena la una...	505
Condesa	Dadme el brazo; ¿estáis temblando?	
Conde	No hagáis caso, es la emoción... ¡Se me parte el corazón!	
Andrea (Aparte.)	¡Por Dios, que me estoy vengando!	510
Condesa	¡Don Félix, presto de aquí salgamos. ¡Felice noche!	
Conde	Todo está dispuesto, el coche está esperando... ¡Ay de mí!	
Condesa	¿No veis al conde?	
Conde	Se ha ido...	515
Condesa	Don Félix, ¿estáis seguro?	

Conde   Se ha visto salir, ¡lo juro!

(Salen recatadamente.)

Andrea   ¡Se marcha con el marido!
                   Piensa llegado el momento
                   de su impura mala fe,   520
                   ¡y se va a encontrar con que
                   la está esperando el convento!

Escena XI
(Dichos menos el conde y la condesa.)

Don Félix   ¡Abajo caretas!

Todos   ¡Fuera!

(Se descubren.)

Don Félix   ¡Mirémonos cara a cara!

Don Juan   ¡Por doña Beatriz de Lara!   525

(Brindando.)

Andrea   No bebáis.

(Al oído de don Juan.)

Don Juan   Si no bebiera,
                   ¡qué dirían!

Andrea   ¡Montemar,
                   por vuestra dicha sin nombre!

(Brindando.)

Don Félix	¡El máscara es todo un hombre!
Andrea	Me agrada por vos brindar. 530
Don Félix	Acepto.
Andrea	El jardín de flores
	que el destino daros quiso,
	se convirtió en paraíso;
	a la luz de estos amores,
	¿quién recuerda aquellos días, 535
	en que de entusiasmo lleno,
	de cariño latió el seno
	en amorosas porfías
	del combate de la vida
	salió ilesa vuestra malla, 540
	y en esa ruda batalla
	no tuvisteis una herida;
	alcanzasteis mucha gloria,
	sí, Montemar, mucha, mucha,
	pero acaso de la lucha 545
	os quede alguna memoria...
Beatriz	¡Don Félix!
Don Félix	Por vida mía
	que no conservo ninguna.
Andrea	Montemar, vuestra fortuna
	al destino desafía, 550
	¿quién va a recordar ahora
	en este dulce momento,

	si en la celda de un convento	
	hay una mujer que llora...	
Don Félix	¡Brindemos por el olvido!	555
Andrea	¡Sí, brindemos, Montemar!	
Don Félix	Ya me comienzo a turbar;	
	siento un terrible vahído.	
	¿Quién sois?	

(Ya aturdido por el narcótico.)

Andrea	No importa quién sea.	
Don Félix	Cese el capricho tenaz	560
	y quitad ese antifaz.	

(Le arranca el antifaz.)

Andrea	¡Miserable!
Todos	¡Sor Andrea!
Beatriz	¡Yo desfallezco!

(Se desmaya.)

Don Félix	¡Dios mío!	
(Ya narcotizado.)	¿Qué es lo que pasa por mí?	
Andrea	Calmad vuestro frenesí.	565
Don Félix	¡Andrea!	
Andrea	¡Qué desvarío!	

                    Soy su hermano, caballero,
                    que viene a lavar la afrenta
                    de aquella ofensa sangrienta
                    con la punta de su acero.   570
                    Su hermano, que a castigar
                    viene aquí vuestro delito;
                    vuestra sangre necesito,
                    ya lo sabéis, Montemar.
                    Ni admito satisfacción,   575
                    ni satisfacciones quiero,
                    a los golpes de mi acero
                    me la dará el corazón.
                    La visteis indiferente,
                    sepultada en su quebranto,   580
                    ¡cada gota de su llanto
                    vale de sangre un torrente!

Don Félix   Pero... no es este... lugar
                    para reñir...

(Desvanecido.)

Andrea   ¡Bien pensado!
                    ¡Pero quedáis aplazado!,   585
                    porque os tengo que matar.

Don Félix (Haciendo un esfuerzo.)
                        ¡Matadme, pues, vive Dios!...
                    Concluyamos de una vez...
                    y quedaremos, pardiez,
                    ya deslindados los dos...   590

(Cayendo en una silla. Ya todos los Máscaras se han ido durmiendo.)

Andrea   El narcótico ha surtido

(Sacudiéndole.) su efecto, ¡venid, don Juan!
¡Levantaos, capitán!
¡El imbécil se ha dormido!...
Despertad, que la fortuna,   595
fácil llama a vuestra puerta;
despertad... pues no despierta.
(Lo mueve.) ¡Y no hay esperanza alguna!
Me sobra fiereza y brío
para llevar adelante   600
mi plan y seguir avante,
¡plan terrible, como mío!
¡Triunfará mi rudo afán!
¡Ensayaré mi poder!

(Toma a Beatriz en sus brazos rápidamente.)

¡Hoy le soplo a la mujer   605
y le dejo al capitán!

Fin del segundo Acto

Acto III
(La sala baja de una taberna, puerta al fondo y laterales. Tres mesas con cena, en el centro, derecha e izquierda. Una lámpara. Es de noche.)

Escena I
(Pedro, Zancarrón y Desuella zorros.)

Pedro	¡Maldita sea tu estampa! ¡Ya quebraste una botella!	
Zancarrón	Con pagarla...	
Pedro	¡Voto al diablo! ¡Hoy te estrello la cabeza!	
Zancarrón	¿Como huevo de paloma?	5
Pedro	¡Como huevo de tu abuela! Ven acá, Desuella zorros...	
Desuella zorros	Usarced es quien desuella.	
Pedro	Vamos, ¿mataste los gatos?	
Desuella zorros	Ya están hasta sin orejas; nadie duda que son liebres, y de las liebres más buenas.	10
Pedro	Gruñirán allá en las tripas.	
Desuella zorros	Pues que gruñan cuanto quieran.	
Pedro	¿Y desollaste las ratas?	15
Desuella zorros	Ya son conejos, ¡qué ciencia!	

Pedro	Pues entre gatos y ratas, se va a lucir esta mesa. ¡Qué estómago el de la tropa! ¡Viva la gente de guerra! ¿Y bautizasteis el vino?	20
Desuella zorros	¡Cristiana está la bodega! ¡Más agua hay en la hostería, que en la fuente de la iglesia!	
Pedro	¿Y qué tal salió el pastel?	25
Zancarrón	¡Como la mula está fresca, está el pastel que lo puede codiciar un excelencia!	
Pedro	Ya sentirán sus patadas. Dará unas coces tremendas: ¡es un pastel de relinchos que no lo pasa ni Gestas! Conque preparados todos, y listos, que las monedas van a caer como lluvia esta noche en la taberna. ¡Desuella zorros, muy vivo, y tú, Zancarrón, alerta!	30 35

Escena II
(Andrea, Beatriz y dichos.)

Andrea	¿Es ésta el Águila Roja?	
Pedro	En ella está su excelencia: para vos, y vuestra dama	40

	voy a disponer la cena.	
	Hay una liebre guisada,	
	conejos en salsa negra,	
	y un pastel que hasta de olerlo	45
	se despierta la apetencia;	
	un vino puro, muy puro,	
	de Rioja y Valdepeñas.	
	¿Qué os parece?	

Andrea   Que conozco,
            maese Pedro, vuestra mesa;   50
            y que traigo provisiones,
            y que os pagaré la cuenta,
            como si en ella estuviese,
            como si gastase en ella.
            Preparad el aposento   55
            mejor, y andaos de prisa,
            que está cansada esta dama
            y yo también.

Pedro (Aparte.)   ¡Buena gresca,
            la dama y el caballero.
            meterán en la taberna!   60

(Se va con Zancarrón y Desuella zorros.)

Escena III
(Andrea y Beatriz.)

Andrea   ¿Qué tenéis?

Beatriz (Llorando.)   Pregunta rara.

Andrea   ¿Os falté en algo, señora?

Beatriz	Es que el pesar me devora, me entristece y amilana.	
Andrea	¡Mucho amáis!...	
Beatriz	Ni una memoria conservo ya de ese hombre, ¡os lo juro por mi nombre!	65
Andrea	Ésa es una horrible historia...	
Beatriz	Es necesario aclarar, pues comprender pronto ansío vuestro afán y el papel mío, ¿de quién os queréis vengar? ¿A quién hiere vuestra saña? ¿A mi padre? ¡No lo creo! ¿A Montemar, según veo, o a ese capitán Saldaña? ¿Por quién sufro este revés?, por Dios que no he comprendido, y ni una frase he podido arrancaros en un mes. Me sacasteis de mi hogar en la noche de mis bodas, y en vuestras acciones todas, apenas puedo indagar, que una intención vengadora os arrastra hacia el abismo, y no alcanzáis ni vos mismo, lo que pretendéis ahora. Me abruma vuestro respeto; vuestro silencio me abruma, y ya estoy cansada, en suma, de mirar tanto secreto.	70

75

80

85

90 |

Si pensáis que yo merezco,
don Carlos, vuestra confianza,
le diré a vuestra venganza 95
que a don Félix aborrezco.
El desesperado afán
en que infelice he vivido,
hace que mande al olvido
el amor del capitán; 100
y si el alma no me engaña
luchar con su sombra os veo,
don Félix, no es mi deseo,
y yo detesto a Saldaña.
Quebrantad los duros bronces 105
que cubren el corazón,
y decid, por compasión,
¿de quién os vengáis entonces?

Andrea Mi silencio os atosiga,
¿no conocéis a quién reto? 110
Vais a saber mi secreto,
ya que queréis que os lo diga.
Don Félix de Montemar
deja en la celda olvidada
a una mujer desgraciada 115
que solo sabe llorar.
Ella es mi sangre y, ¡por Dios!,
que al mirarla así ofendida,
diera por ella la vida
que ya nos pesa a los dos. 120
Fiera venganza reclamo;
por eso a vos en secreto,
os estimo y os respeto,
pero en público, os infamo.
Es el destino cruel, 125
mas no lo puedo evitar,

| | y yo os tengo que infamar
para deshonra de él.
Si vos tenéis corazón
y sabéis lo que es amar,   130
decidme a vuestro pesar,
si no tengo yo razón. |
| ------- | ------------------------------------- |
| Beatriz | Tenéis razón, mas la suerte,
un hondo abismo os procura. |
| Andrea | ¡Es mi suerte más oscura   135
que el abismo de la muerte! |
| Beatriz | Pero en vuestro frenesí,
que el corazón os maltrata,
y que el juicio os arrebata,
¿qué queréis hacer de mí?   140
No ejerzáis vuestro poder,
sin piedad, con una dama,
¿qué, de vos nada reclama
el dolor de una mujer?...
¡Envidiable es el blasón   145
que adquiere vuestra hidalguía!
¿Qué os importa la honra mía
si no tenéis corazón? |
| Andrea | ¡Callad! Y a vuestro destino
culpad, Beatriz, en buena hora,   150
no me detengáis, señora,
dejadme por mi camino. |
| Beatriz | ¡No tiene esta hazaña precio!
¡Ya compasión no reclamo! |
| Andrea | Ni os envilezco, ni os amo,   155 |

	Beatriz.	
Beatriz	¡Pero yo os desprecio!	
Andrea	¡Vive Dios! Que si mi saña	
	viniese así a despertar	
	el imbécil, Montemar,	
	o el mentecato Saldaña,	160
	probarían la pujanza	
	de mi brazo y de mi acero.	
Beatriz	Ya más escuchar no quiero	
	las promesas de venganza.	
	¿Por qué no le ponéis fin	165
	a tan siniestra intención?	
	Y dejad del fanfarrón	
	los humos de espadachín.	
	Ya tolerar más no puedo	
	vuestra fiereza y rigor,	170
	y bien puede mi dolor	
	irme arrebatando el miedo:	
	¿pero no veis que os insulto?	
	¡Matadme!	
Andrea	¡No, por mi mal!	
Beatriz	¡Os arrebato el puñal	175
	y en mi pecho lo sepulto!	

(Hace ademán de quitarle el puñal.)

Andrea	¡Tened, señora!, la suerte	
	a la mía os encadena.	
Beatriz	¡Ya está la medida llena,	
	don Carlos, quiero la muerte!	180

                    Si ya ese hombre es imposible,
                    ¿por qué me traéis así?
                    Es que vuestro frenesí
                    os tornó el alma insensible;
                    la muerte, sí, la prefiero,   185
                    al infierno de seguiros.
                    Tengo derecho a deciros
                    que sois un mal caballero.
                    ¡Si me parece mentira
                    que así os mantengáis en calma   190
                    cuando en el fondo del alma
                    hace explosión vuestra ira!
                    ¡Sois cobarde, bien lo veo,
                    muerta está ya mi esperanza!

Andrea   Señora, es que mi venganza   195
                    en silencio saboreo:
                    de mi hermana la rival,
                    en vos halla mi furor,
                    y siento que su dolor,
                    se aplaca con vuestro mal.   200

Beatriz   ¡Miserable!

Andrea   En el tormento
                    que sufrís, está el placer.

Beatriz   ¡Creyera que erais mujer
                    por ese rasgo sangriento!
                    ¡Dejadme!... ¡Llegará un día   205
                    de venganza!

Andrea   No lo espero,
                    pero si llega, mi acero
                    cortar el nudo confía.

(Se va.)

Escena IV
(Beatriz, después el sacristán y el posadero.)

Beatriz	¡De esta cadena maldita	
	hoy rompo el duro eslabón,	210
	o mi existencia se apaga,	
	o me libro, por quien soy!	

Sacristán (Vestido de recluta.)
       ¿Puede decirme el bellaco
       si éste es el Gaviluchón?
       Aquí busco a un animal...   215

Posadero   A las órdenes estoy.

Sacristán   Decid, ¿ésta es la hostería...
       de la Zorra o del Frisón?

Posadero   Estáis en la Águila Roja.

Sacristán   El Águila, sí, señor.   220
       Pero yo olvidaba el nombre;
       muy olvidadizo soy,
       como que no he sido nunca
       sino sacristán mayor.
       Decidme, ¿hay un capitán   225
       alojado?

Posadero   Hay veintidós,
       que de paso a la ciudad
       van con horrible furor
       a esperar al enemigo.

Sacristán	¿Al enemigo? ¡Gran Dios!	230
Posadero	¿Qué os pasa?	
Sacristán	No tengo nada; es que me sobra el valor; pero, ¿el capitán don Carlos?	
Beatriz	Aquí se encuentra.	
Sacristán	¿Sois vos?	
Beatriz	¿Me conocéis?	
Sacristán	Sí, os conozco, sois hija de confesión de...	235
Beatriz (Al Posadero.)	Callad, idos de aquí. Tomad y marchad con Dios.	

(Le da unas monedas.)

Escena V
(Dichos, menos el posadero.)

Beatriz	Si me conoces, al punto me vas a decir quién soy.	240
Sacristán	Sois doña Beatriz de Lara, hija del comendador; cristiano entre los cristianos, y que como él no hay dos.	

Beatriz	¿Qué más sabéis?	
Sacristán	Que don Félix,	245
	capitán batallador,	
	hace un mes iba a casarse	
	precisamente con vos,	
	y que os robaron...	
Beatriz	¿Mi padre?	
Sacristán	Hace tres días murió...	250
Beatriz	¿Qué decís? ¡Muerta me caigo!	
	¡Socorro!... ¡Socorro!	

(Desmayándose.)

Sacristán	¡Ay, Dios!	
	In nomini patri et fili...	
	¡Es caso de confesión!	
	¡Volved, señora, os lo ruego!	255
	¡Señora, volved en vos!...	

(Le echa agua en el rostro.)

Ya vuelve...

Beatriz (Llorando.)	¡Padre del alma!	
Sacristán	¡Demonio, qué bruto soy!	
Beatriz	¡Qué infortunada nací!	
	¡Me está matando el dolor!	
	¡Y estar a merced de un hombre	260
	tan inhumano y feroz!	

| | ¡Alma de hielo, insensible; | |
| | no, no tendrá compasión! | |

| Sacristán | ¿De quién habláis? | |

| Beatriz | De don Carlos. | 265 |

Sacristán	Él fue, sí, quien os robó;	
	¡temblad, esta sor Andrea	
	tiene al diablo en el jubón!	

| Beatriz | ¿Qué?, ¿sor Andrea, habéis dicho? | |

| Sacristán | No, no, sino he dicho yo... | 270 |

| Beatriz | Luego es mi rival odiosa, | |
| | ¡mi verdugo! ¡Horror! ¡Horror! | |

Sacristán	¡Hoy me va a cortar la lengua!	
	¡San Dimas, el mal ladrón!	
	¡Santos ángeles custodios,	275
	Santa Virgen de la O;	
	venid todos en mi auxilio,	
	porque encapillado estoy!	

| Beatriz | Nada temas, el secreto | |
| | guardaré. | |

Sacristán	¡Por compasión!	280
	No digáis una palabra,	
	soy el sacristán mayor,	
	es decir, un sacristán	
	muy temeroso de Dios,	
	y que de miedo he venido	285
	con este monstruo feroz.	

	Este uniforme me estorba,	
	y el machete y qué sé yo.	
	Lo que extraño es la sotana,	
	y cantar el audinos.	290
	Si mañana hay un combate	
	correré como un frisón,	
	y le cantaré el te deum	
	al que quede vencedor.	
Beatriz	Nada temas, desgraciado...	295
Sacristán	No, señora, no hay razón...	
Beatriz	Como me ayudes, te salvo...	
Sacristán	Yo obedezco, mandad vos...	
Beatriz	Observa, está anocheciendo.	
Sacristán	Un rato ha se puso el Sol.	300
Beatriz	Te espero en ese aposento.	
Sacristán	En este momento voy.	
Beatriz	Será dentro de una hora.	
Sacristán	Y allí ¿qué haremos los dos?	
Beatriz	Me darás todo tu traje.	305
Sacristán	Eso es lo que quiero yo.	
Beatriz	Y tú te pondrás el mío.	

Sacristán	¡Caracoles!... sí, señor.	
Beatriz	Y te cubrirás el rostro.	
Sacristán	Sí, lo haré con el mantón.	310
Beatriz	Y no responderás nada.	
Sacristán	Descuidad; ni sí, ni no.	
Beatriz	Como hables, eres perdido.	
Sacristán	Es de fácil comprensión.	
Beatriz	Con que silencio y te salvo.	315
Sacristán	Pierdo la lengua desde hoy.	
Beatriz	Toma ese oro, ¡y cuidado!	
Sacristán	Gracias, gracias y chitón.	
Beatriz	Vaya al combate mañana;	
	y si la liberta Dios,	320
	sabrán que la Monja Alférez	
	en las filas combatió...	
	La prófuga del convento	
	juzgará la Inquisición,	
	emparedada, reclusa,	325
	¡qué venganza tan feroz!	

(Se va.)

Escena VI
(El sacristán, después el posadero.)

Sacristán	Pues, señor, salí de apuros;
	esta gente femenil,
	vamos que tiene recursos,
	y trapisondas sin fin. 330
	Ya doña Beatriz de Lara
	quiere tomar el fusil,
	y con la tal Monja Alférez
	se va a armar un San Quintín.
	Ésta es batalla de damas; 335
	y yo en un zaquizamí
	metido hasta las orejas
	sin atreverme a decir
	ni una palabra siquiera;
	muy callado el cornetín, 340
	que si me descubre alguno
	cinco balazos y ¡pif!
	¡Hola, señor posadero!
Posadero	¿Qué se ofrece?
Sacristán	Una perdiz;
	un gran trozo de venado, 345
	una copita de anís,
	dos botellas de Rioja,
	y un conejo para mí.
Posadero	Se paga aquí adelantado.
Sacristán	¡Ah, canalla, malandrín! 350
	¡Mira si no tengo plata!
(La suena.)	
Posadero	¡Con plata, todo hay aquí!...

(Aparte.)　　　　　　Éste se sopla dos gatos
　　　　　　　　　　y un ratón, que es buen decir.

(Se va.)

Escena VII
(El sacristán, después un sargento.)

Sacristán　　　　　　¡Ésta es comida de rey　　　　　355
　　　　　　　　　　y cena de mandarín!...
　　　　　　　　　　¡Hola, sargento Machete!

Machete　　　　　　¿El recluta por aquí?

Sacristán　　　　　　¿No queréis cenar conmigo?

Machete　　　　　　Me gusta echar el violín...　　　360
　　　　　　　　　　ya sabes que como fuerte.
Sacristán　　　　　　Muy fuerte se come aquí...

Machete　　　　　　Y que mi vientre que es grande
　　　　　　　　　　lo cargo con estopín;
　　　　　　　　　　y bebo como dos bueyes　　　　365
　　　　　　　　　　y todo a costa de ti.

Sacristán　　　　　　Es rica la cofradía
　　　　　　　　　　y cuanto queráis, pedid.

Posadero　　　　　　Señor, aquí está la cena
　　　　　　　　　　o más bien dicho, el festín.　　370

(Sirve la cena.)

Machete　　　　　　Por las orejas del diablo,
　　　　　　　　　　aquí hay una codorniz.

Sacristán	Los conejos son hermosos: valen cien maravedíes.	
Machete	Este venado es famoso, se mete por la nariz. Pon vino.	375
Posadero (Lo sirve.)	Del más añejo, y superior al del Rin.	
Machete	¡Bebamos!	
Sacristán	¡Por el sargento!	
(Beben.)		
Machete	¡Por el recluta cerril! ¡Porque mañana en el campo nos tengamos de batir! ¡Y triunfemos de los fuertes con nuestro ardor varonil!	380
Sacristán (Aparte.)	Si todos cual yo se baten, nos vamos a divertir.	385
Machete	¡Posadero del infierno, está duro este pernil!	
Posadero	Flojos tendréis vuestros dientes.	
Machete	Más duros que los del Cid los tengo ¡voto va al diablo! ¿Si me lo querrás decir?	390

Posadero (Aparte.)	La mula era de veinte años; y eso cuando vino aquí.	
Machete	¡Por los cuernos de Luzbel, éste es gato, malandrín!	395
Posadero	Es liebre, como mi abuela.	
Sacristán	¡Ya siento en mi vientre al mis!	
Machete (Mostrándole.)	¡Ven acá, cuerpo de Judas! ¿Y esta cola?	
Posadero	Es un desliz del cocinero maldito.	400
Machete	Te voy a dar un tranquín; ¡ésta es rata, maldecido!	
Sacristán	Canto un requiem, ¡ay de mí!	
Posadero	Me voy a llevar la cena.	405
Machete	¡Deténte un rato, infeliz, y deja aquí esos horrores!	
Posadero	¿Os los vais a comer?	
Machete	Sí; al fin las ratas son ratas y yo soy sargento al fin, y un sargento come gatos y zapos con perejil.	410
Sacristán	Os cedo toda la cena.	

Machete	En África los comí; venid y no tengáis asco.	415
Sacristán	Gracias.	
Machete	Sois un incivil.	
Sacristán	¡Qué estómago de este bárbaro, debe ser un marroquí!	
Machete	Muriendo de hambre en un sitio me he comido al cornetín.	420
Sacristán	¡Este sargento Machete sin duda es un zascandil!	

Escena VIII
(Dichos, Saldaña y cuatro oficiales.)

Don Juan	Os acepto la partida, capitán, y a vos, teniente, mi fortuna es insolente, os puedo apostar la vida, que a quien la quiere perder nada le puede importar, y bien la puede jugar sin temor.	425
Teniente	Aquí hay mujer.	430
Don Juan	Tan hermosa como ingrata.	
Capitán	Bien lo dice vuestro afán.	

Don Juan	De esa mujer, capitán,	
	solo el recuerdo me mata.	
	La existencia no soporto;	435
	por la muerte el pecho late;	
	me veréis en el combate	
	mañana, cómo me porto.	
	Y es que desfogar ansío	
	el dolor que me aniquila,	440
	¡ya admiraréis en la fila	
	el afán del valor mío!	
	Todos creerán que la gloria	
	le presta fuerza a mi acero,	
	y es, capitán, que yo quiero	445
	matar aquella memoria,	
	ponerle fin al martirio	
	que causó mi desventura,	
	y morir en la locura	
	y en la fiebre del delirio.	450
Capitán	¡Juguemos, pues!	
(Se sientan.)		
Don Juan	¡Sí, juguemos!	
	Si la suerte no me engaña	
	os voy a ganar.	
Capitán	Saldaña,	
	ya muy pronto lo veremos.	
Sacristán	Una zambra aquí no tarda,	455
	que toda es gente de estoque,	
	vámonos, que no me toque;	
	y doña Beatriz me aguarda.	

	Os dejo, señor sargento,	
	saboreando ese plato.	460
Machete	La rabadilla del gato	
	me acabo en este momento.	
	¡El último trago, amigo!	
Sacristán	Muy bien, voy a dar la plata.	
Machete	Cuando tengáis otra rata	465
	o un gato, contad conmigo.	

(El sargento se va por el fondo y el sacristán por donde salió doña Beatriz.)

Capitán	Tres cartas seguidas van	
	que acertáis.	
Don Juan	Irán cincuenta,	
	hasta que perdáis la cuenta;	
	os lo dije, capitán.	470
Capitán	Es cuenta como ninguna,	
	difícil fue la jugada.	
Don Juan	Es que llevo encadenada,	
	en el juego, a la fortuna.	
Capitán	Pero estáis desesperado,	475
	acertáis de una manera...	
Don Juan	¡Perder el alma quisiera!...	

(Se acerca Andrea embozada.)

Escena IX
(Dichos y Andrea.)

Don Juan ¿Jugar quiere el embozado?
¿No respondéis?

Andrea Sí respondo.
¿Aceptáis una partida? 480

Don Juan ¡Os jugaré hasta la vida!
¡Descubríos!

Andrea (Descubriéndose.)
Yo no escondo
el rostro, ¡vedme, Saldaña!

Don Juan ¡Vos aquí!, ¡fortuna impía!
Aquí el destino os envía 485
para dar pasto a mi saña.
¡Vuestro acero!

Andrea ¡Está en el cinto!

Don Juan ¡Echadlo fuera, por Dios!

Andrea ¡Ya nos veremos los dos
en otro sitio distinto! 490

Don Juan ¿Tenéis miedo?

Andrea Puede ser.
Sin duda habéis olvidado,
capitán, lo que a un soldado
le manda siempre el deber.

Don Juan Decís bien: mañana mismo 495

	nos batiremos, ¡pardiez!,	
	que ya va a llegar la vez	
	de hundiros en un abismo.	
	¡De la burla que habéis hecho	
	me daréis estrecha cuenta!	500

Andrea
: Pues la ocasión se presenta
de dejaros satisfecho...

Don Juan
: No juzguéis, por Dios, que es rara
mi pretensión; vais a ver
cómo me habéis de volver   505
a doña Beatriz de Lara.

Andrea
: ¿Me lo imponéis?, ¡por el cielo,
que no conocéis quién soy!

Don Juan
: ¡Pues porque os conozco, voy
a arrancarla a vuestro celo!   510

Andrea
: No abuséis de mi paciencia,
porque ya mi sangre hirviente
me turba; estoy impaciente
por luchar; en mi conciencia
bien sé que mataros puedo   515
y mirad que lo rehúso.

Don Juan
: Pues el lance no lo excuso,
porque yo no tengo miedo.

Andrea
: Basta ya; vamos a ver
cómo sostenéis lo dicho,   520
ved que lo llevo a capricho,
allí guardo a esa mujer.

                    Vamos a ver, ¡vive Dios!,
                    a quién protege la suerte,
                    ¡con el golpe de la muerte   525
                    nos deslindamos los dos!
                    Capitán, en la partida
                    nuestro limpio honor jugamos
                    y a doña Beatriz; veamos
                    quién ha de quedar con vida.   530
                    Si vos tenéis la razón
                    se sabrá en este momento.
                    La llave de ese aposento
                    la guardo en el corazón;
                    quitádmela si podéis   535
                    que ya impaciente os espero.
                    Cerrad ahí vuestro acero.
                    ¡Ved, capitán, lo que hacéis!

Don Juan   ¡En guardia!

Andrea (Riñen.)   En la guardia estoy.
                    Ved que en vuestro ciego afán   540
                    os descubrís, capitán.

Don Juan   No importa, a mataros voy.

Andrea   ¡Os pierde ese frenesí!

Don Juan   ¡La muerte, la muerte ansío!

Andrea   ¡Pues en dárosla confío!   545
                    ¡Tenedla pues!

(Lo mata.)

Don Juan   ¡Ay de mí!

(Cae muerto.)

Andrea
 Víctima de fiera saña,
 tú me quisiste matar;
 no lo pudiste lograr,
 ¡Dios te perdone, Saldaña!   550

Escena X
(Dichos y don Félix de Montemar.)

Don Félix
 ¡Muerto Saldaña!

Andrea
 Yo fui,
 don Félix, quien le mató.

Don Félix
 ¡Don Carlos! ¡Don Carlos!

Andrea
 ¡Yo!

Don Félix
 ¿No es sueño? ¡Os encuentro aquí!
 Vos, el ladrón de mi honra,   555
 el ladrón de la honra mía.
 ¡Veros vivo todavía
 me parece una deshonra!...
 ¡Os hallo por vuestro mal,
 pero generoso, quiero   560
 cruzar con vos el acero,
 ¡si merecéis el puñal!
 En este mismo recinto
 nos batimos.

Andrea
 Os advierto
 que estáis delante de un muerto;   565
 y que el brazo en sangre tinto

| | lo tengo aún, Montemar;
ino provoquéis imprudente
mis iras!... | |
|-------------|---|-----|
| Don Félix | ¡Sois impotente
para poderme espantar;
al fin, al fin os encuentro
que ya mi rencor feroz
estalla... | 570 |
| Andrea | ¡Bajad la voz,
doña Beatriz está adentro! | |
| Don Félix | ¡Ahí está!, ¡dulce momento
en que mi furor estalla!... | 575 |
| Andrea | ¡No gritéis!, ved que se halla
muy próximo su aposento.
¡Escuchadme!, no es que trate
de evitar un justo duelo,
ni que a la muerte recelo
le tenga; pero un combate
mañana se ha de librar,
y en nuestras filas debemos
estar; y comprometemos
nuestro deber militar.
Los dos como hombres de honor
tenemos de combatir,
la lucha ha de decidir
de quien tenga más valor
empeñado el rudo afán
de nuestros genios altivos,
si los dos quedamos vivos,
nos matamos, capitán.
¿Aceptáis? | 580

585

590 |

Don Félix	Acepto, pues.	595
Andrea	¡Saldaremos nuestra cuenta mañana en la lid sangrienta!	
Don Félix	¡Muy bien! ¡Nosotros después!	

(Se va.)

Escena XI
(Dichos menos Andrea. El juez y alguaciles.)

Juez	¡Vamos!, cerrad esa puerta. ¡Todos, en nombre del rey, daos a prisión! ¡Soy la ley! ¡Secretario, estad alerta!, negocios son delicados. ¡Qué escándalo en esta villa!	600
Don Félix	Atended, señor golilla, que todos somos soldados. Por lo que importe os lo advierto.	605
Juez	Todos soldados serán; mas yo vengo, capitán, por el matador y el muerto.	610
Don Félix	Cargad con él en buen hora, y dejadnos libre el paso.	
Juez	Capitán, grave es el caso.	

Escena XII
(Dichos, un alguacil y el sacristán, vestido con el traje de doña Beatriz.)

Alguacil	He encontrado a esta señora.	
Don Félix	¡Doña Beatriz!	
Juez	La cabeza me va en ello: ¡la reclama mi autoridad!	615
Don Félix	Esta dama, golilla, es de la nobleza.	
Juez	Ya le veremos la cara y diremos...	
Don Félix	¿Es un reto?	620
Juez	¿Queréis decirme el secreto?	
Don Félix	¡Miradla, es hija de Lara!	

(Descubre al sacristán.)

Sacristán	¡Jesucristo, fuerzas dame!	
Juez	¡He aquí a la dama indefensa!	
Don Félix	¡Cobraré esta nueva ofensa, este engaño tan infame!	625
Juez	¡Ya descubrí el maleficio; aprehended al matador!	
Sacristán	¡Me matan por desertor o me quema el Santo Oficio!	700

Fin del tercer Acto

Acto IV
(Una plazuela donde desemboca una calle. A la derecha la portería del convento con gran puerta con escalinata, enseguida la iglesia.)

Escena I
(El sacristán y el sargento Machete.)

Sacristán	¿Qué os hacéis, señor sargento,	
	por estas tierras benditas?	
Machete	Nada, buscando a un amigo	
	a quien encargué a una chica;	
	y el bribón se la ha guillado,	5
	me dejó en las cuatro esquinas.	
	¡Pero donde yo lo atrape	
	le va a costar la trasquila!	
	¡Orejas de Barrabás!	
	¡Jugarme así las patillas!	10
	Hombre, y es cosa de cuento;	
	siempre la desgracia misma	
	me pasa con las mujeres.	
	En cuanto hago una conquista,	
	¡cataplum!, ya se me escapa	15
	como si fuera una anguila.	
Sacristán	La que no es coja, cojea;	
	y la más zonza es más lista.	
Machete	¿Y vos?	
Sacristán	Me volví al convento:	
	soy rata de sacristía.	20
Machete	Y a propósito de ratas,	
	¿qué tales las madrecitas?,	

	¿hay gatas en el convento?	
Sacristán	¡No habléis esas herejías,	
	que os pueden llevar los diablos!	25
Machete	Ya me daréis las reliquias.	
	Y a propósito de iglesia,	
	¿qué fiesta o qué algarabía	
	tuvisteis esta mañana?	
Sacristán	Qué fiesta, si son vigilias	30
	en honor de la condesa	
	de Cifuente; aquella arpía	
	que atosigó a sor Andrea,	
	su hijastra.	
Machete	¡Infelice niña!	
Sacristán	Y la hizo del convento	35
	escapar: ¡locura impía!	
Machete	¿Conque tronó la condesa	
	como arpa vieja?	
Sacristán	Me irrita	
	recordar aquella historia.	
Machete	¿Y ninguno se imagina	40
	por qué vino a este convento	
	a encerrarse?	
Sacristán	Desde el día,	
	es decir, desde la noche	
	del baile, noche maldita	
	en que la sacó del brazo	45

	el conde lleno de ira,	
	la sepultó en este claustro,	
	donde la enterraron viva,	
	sin que una sola palabra	
	sobre el suceso se diga.	50
	Lo que pasó, Dios lo sabe:	
	si fue amor o fue desdicha,	
	el mundo todo lo ignora	
	aunque no faltan hablillas;	
	lo cierto es que murió anoche	55
	y está en la iglesia tendida.	
	El conde la está velando;	
	la misa oyó de rodillas,	
	y dizque algunos notaron	
	que lloraba...	
Machete	¡Brava cuita!	60
	¡Llorar por una mujer	
	cuando tantas quedan vivas!	
	Si una falta, a otras doscientas	
	ya les pasamos revista.	
Sacristán	¿Y no sabéis del alférez?	65
Machete	Llega esta noche.	
Sacristán	La pita	
	rompe por lo más delgado.	
	Si en el convento me pilla,	
	habrá la de Dios es Cristo;	
	y me llevo otra paliza	70
	como aquella que me dieron	
	los maldecidos golillas.	
Machete	Aquella noche los gatos	

	me andaban en la barriga,	
	y las ratas me royeron	75
	lo menos cuarenta tripas.	
Sacristán	Yo fui llevado a la cárcel;	
	y averigua que averigua,	
	y escribir cincuenta pliegos,	
	y andar abajo y arriba,	80
	hasta que se puso en claro	
	mi inocencia; mas la ira	
	de aquella gente de pluma,	
	¡ay, sargento!, aún me atosiga.	
	Al ponerme en libertad	85
	me dieron una paliza,	
	que me duele el esternón;	
	aún me duelen las costillas.	
Machete	Me marcho.	
Sacristán	¡Con Dios, sargento!	
Machete	Señor sacristán Gardiñas,	90
	¿no tenéis algunos cuartos	
	que prestar? Dentro unos días	
	se os pagará...	
Sacristán	Vaya en gracia.	
	Aquí os presto unas vigilias,	
	dos responsos y una misa.	95
Machete	Todo lo tendré presente;	
	y a las ánimas benditas	
	me beberé los responsos	
	en vino de manzanilla,	
	y ya verá la difunta	100

                        si esto es mejor que la misa.

(Se va.)

Sacristán   Siempre me costó el encuentro;
                        no he visto ser más gorrista.
                        ¡Como un náufrago devora!
                        ¡Bebe como un cenobita!   105

Escena II
(El sacristán y doña Beatriz.)

Beatriz   ¿Me conoces?

Sacristán   ¿Vos aquí?

Beatriz   Yo necesito al momento
                        penetrar en el convento:
                        quiero valerme de ti.

Sacristán   Aguardad que venga el día,   110
                        por la noche es imposible.
                        Vuestra impaciencia es terrible;
                        pero ya la portería
                        se cerró desde las seis.

Beatriz   ¿Mas por qué se halla esa puerta   115
                        así?

(Mostrando la de la iglesia.)
Sacristán   La condesa muerta
                        allí se encuentra.

Beatriz   ¿Queréis
                        explicaros?

Sacristán	Nadie ignora,	
	sino vos, entre la gente,	
	que murió la De Cifuente.	120
	¡Allí está la gran señora!	
Beatriz	Ella fue autora del mal	
	que hoy a todos nos acosa.	
	¡Desgraciada como hermosa,	
	y rival de mi rival!...	125
	¡Sor Andrea, llegó el día	
	en que al morir mi esperanza,	
	se alza el Sol de mi venganza	
	que nunca ha sido tardía!	
	Esa mujer altanera	130
	que atormenta mi memoria,	
	fue en el combate la gloria	
	y el honor de su bandera.	
	Desafiando a la suerte	
	combatió como soldado,	135
	y la fortuna le ha dado	
	escudo contra la muerte.	
	No ha muerto, no, todavía	
	se halla vigorosa, ilesa;	
	esa mujer es la presa	140
	que el mismo cielo me envía.	
	No seré la frágil caña	
	por el viento combatida,	
	ni caeré a sus pies vencida,	
	¡cadáver, como Saldaña...!	145
	¡El inquisidor fray Pérez	
	está allí; mi sacrificio	
	lo vengará el Santo Oficio	
	juzgando a la Monja Alférez!	

(Entra en la iglesia.)

Escena III
(El sacristán.)

Sacristán	¡Qué gestos, qué contorsiones!	150
	¡Por Dios, que me deja helado!	
	¡El cielo me ha deparado	
	a tratar con escorpiones!	
	¡Qué rencor entre las dos!	
	¡No quiera Dios que lo vea;	155
	a la infeliz sor Andrea	
	la achicharran, como hay Dios!	
	Ni de Dios el santo nombre	
	en esta ocasión le vale;	
	ya veremos cómo sale.	160
	¡Esa mujer es un hombre!	
	Si su rencor furibundo	
	estalla en esta ocasión,	
	se sopla a la Inquisición	
	y se come a medio mundo.	165

(Se va.)

Escena IV
(Doña Beatriz y el conde.)

Beatriz	Escuchadme, señor conde.	
Conde	¿Qué me queréis? Decid presto,	
	que tengo muy poca gana	
	de oír negocios ajenos.	
	Este pesar me preocupa,	170
	señora, y no tengo aliento.	
Beatriz	Es que... mucho os interesa.	

Conde	Si es malo, todo lo espero;	
	que a quien la calma ha perdido	
	nada le coge de nuevo.	175
	¡Mi esposa muerta, mi hija	
	prófuga de este convento,	
	sin esperanza de hallarla,	
	y yo de pesares muerto!	
Beatriz	Noticias de sor Andrea,	180
	señor conde, daros puedo.	
Conde	¡Doña Beatriz!	
Beatriz	¡Señor conde!	
Conde	Vamos... hablad al momento;	
	decid si no se ha perdido	
	en ese mundo revuelto,	185
	de crímenes y de escándalo;	
	si su honor conserva ileso;	
	si aún es digna de su padre	
	y de su nombre...	
Beatriz	Prefiero	
	callar...	
Conde	¡No, decidlo todo,	190
	sí; pero todo, os lo ruego:	
	tendré valor y firmeza	
	para ser un juez severo!	
Beatriz	Loca, insensata, demente,	
	como no se encuentra ejemplo,	195
	dejó esos sagrados muros	

| | en la noche del incendio.
Cambió el traje y como un hombre
presentáse al regimiento... | |
|---------|---|---|
| Conde | Es una grosera farsa
esa que me estáis diciendo. | 200 |
| Beatriz | Es verdad, conde, ¡os lo juro! | |
| Conde | ¡Doña Beatriz, la desprecio!
¡Renegando de su nombre!
¡Renegando de su sexo! | 205 |
| Beatriz | Su distinción y nobleza
le atrajeron el aprecio;
y los cordones de alférez
sobre sus hombros pusieron.
Ayer la condecoraron
por su valor; mas funesto
ha de ser el desenlace
de ese rasgo romancesco.
Ya el Santo Oficio ha tomado
cartas en este suceso;
y mañana... | 210

215 |
| Conde | El Santo Oficio
tiene razón y está puesto
en lo justo; voy al punto
a buscarla; el regimiento
debe llegar esta noche;
¡veré si salvarla puedo! | 220 |
| Beatriz | Es inútil, señor conde,
el Santo Oficio es severo;
sus órdenes tiene dadas | |

	y ya vos no tenéis tiempo.	225
Conde	Doña Beatriz, la desgracia	
	está sobre mí cayendo.	
	No os separéis de la iglesia;	
	allí velad, ios lo ruego!,	
	voy desatentado, loco;	230
	ino sé si vivo o si muero!	

(Se va.)

Escena V
(Doña Beatriz, sola.)

Beatriz	Id, señor conde, en buen hora,	
	que cuando ella venga al duelo	
	hallará, en vez de don Félix,	
	otro lance algo más serio.	235
	A las cárceles sombrías	
	del Tribunal; idigno premio	
	a su avilantez osada;	
	a su osado atrevimiento!	

(Entra en la iglesia.)

Escena VI
(El sargento Machete, después el celador y alguaciles.)

Machete	El maldito Valdepeñas	240
	se me ha subido al... cerebro;	
	las piernas se me atijeran	
	y el equilibrio... lo pierdo.	
	Se me ha subido un responso	
	más arriba del sombrero...	245
	y de misas y... vigilias	

	el vientre... lo tengo... lleno.	
	Me he bebido las limosnas;	
	ya mero canto el Te-Deo...	
	¿Dónde estará este Gardiñas?...	250
	que una urgencia grande tengo	
	de que me preste otros cuartos;	
	porque yo... de... que... comienzo,	
	lo menos veinticuatro horas,	
	¡me las paso haciendo fuego!	255
	Y estoy sobre las barricas...	
	de los soldados sin miedo	
	hasta que el... vino me vence	
	y voy... a dar a dispersos.	
Alguacil	Éste es el sitio y la hora	260
	según el auto supremo,	
	en que sor Andrea debe	
	venir a su infame duelo.	
	Soy perspicaz y muy ducho,	
	nadie me gana a sabueso;	265
	que donde yo pongo mano,	
	otros no ponen ni el dedo.	
Machete	¿Qué diablos quiere el golilla	
	con todos sus arrapiezos?	
Alguacil	¡Ésta sí es la Monja Alférez;	270
	y ya en mi poder la tengo!	
	¡Venid por aquí, señora!...	
Machete	¡Qué señora, ni qué cuerno!,	
	si yo tengo unos bigotes	
	más ariscos y más... tiesos.	275

Alguacil	Que os ocultéis es en vano, se adivina vuestro sexo.	
Machete	¿Mi sexo? ¡Voto a judas!... ¿Si sabré yo lo que tengo?	
Alguacil	Hace dos meses, dejasteis las paredes del convento...	280
Machete	¡Alcalde... no me saliera si yo viviera allá dentro!	
Alguacil	No os descompaséis, señora, que éste es asunto muy serio. Lleváis el traje de hombre, pero yo soy juez experto y declaro ser la monja, que sin humano respeto abandonasteis el claustro.	285 290
Machete	¡Qué claustro, ni qué podenco! ¡Yo soy el mismo Machete!...	
Alguacil	¡Señora, guardad silencio; y en nombre del Santo Oficio daos a prisión!	
Machete	Por el cuerno del inquisidor fray Pérez, ¡que yo no soy ese reo, ni esa monja, ni ese diablo!	295
Alguacil	¡Basta ya! Pronto el concejo os juzgará; sois la monja a quien busco con anhelo...	300

Machete	¡Os vais a encontrar, alcalde, con un chasco de lo bueno... porque hay moros en la costa... y yo soy del sexo feo!	305
Alguacil	Señora, vamos andando.	
Machete	¿Andando?, ¡veré si puedo!	
Alguacil	A pesar de sus bigotes y disfraz la he descubierto. ¡Cuando digo que soy listo, y yo no me mamo el dedo!	310

Escena VII
(Doña Beatriz, viendo a los golillas que se llevan al sargento.)

Beatriz	¡Caíste al fin, monja aleve! ¡Morirás en el tormento! ¡A mi venganza terrible está ayudando el infierno! ¡Ya vas allí como prenda del rencor que tuve opreso; y que ya los diques rompe y desborda de mi pecho!	315

Escena VIII
(Doña Beatriz y don Félix.)

Don Félix (Dan las ocho.)	Es la hora convenida. Las ánimas dando están. Hoy pongo fin al afán que está matando mi vida. Allí la condesa, muerta.	320

	Beatriz... ya no quiero en ella	
	pensar, ¡terrible es mi estrella!	325

(Doña Beatriz se acerca y toca al hombro a don Félix.)

	¿Qué me quiere la encubierta	
	en tal sitio y en tal hora?	
Beatriz	¿Qué busca aquí el caballero?	
Don Félix	Ved que responder no quiero,	
	si no os descubrís, señora.	330
Beatriz	Tal vez pesaros pudiera...	
Don Félix	No lo creáis, al contrario.	
Beatriz	¡Siempre audaz y temerario;	
	siempre osado y calavera!	
Don Félix	¿Me conocéis?	
Beatriz	Como vos	335
	me conocierais a mí.	
Don Félix	Pues decidme, pese a mí,	
	¿dónde nos vimos los dos?	
Beatriz	¿Os inquieta mi presencia?	
Don Félix	Si de mí os estáis mofando,	340
	por Dios, que me está cargando	
	ver ya tanta reticencia.	
	Si algo tenéis que decir,	
	decidlo, que solo estar	
	me interesa.	

Beatriz	Voy a hablar...	345
Don Félix	Pero no sin descubrir el rostro.	
Beatriz (Descubriéndose.)	Mirad, ¡soy yo!	
Don Félix	¡Doña Beatriz! ¡La que un día la dulce esperanza mía sin piedad arrebató!... ¡La que traidora y perjura huyó al pie de los altares y me hundió de los pesares en la horrible noche oscura! ¡La que mi nombre infamando manchó mi frente, traidora; la que a su amante, aún ahora, viene a este sitio buscando!...	350 355
Beatriz	Sí, yo le quiero salvar...	
Don Félix	No será, ¡lo juro a Dios!	360
Beatriz	¡Pero ese amante sois vos, don Félix de Montemar!	
Don Félix	¡Basta de engaño traidor! Ese hombre ya viene aquí, sin que vuestro frenesí se salve de mi furor. ¡Rudo le haré comprender lo que vale el honor mío!	365
Beatriz	Cese vuestro desvarío.	

	Vuestro rival es mujer.	370
	Es la misma que allí un día	
	la requeristeis de amores,	
	y al ver marchitas las flores	
	de ese amor, triste y sombrío,	
	dejó su monjil arreo;	375
	de Dios rompiendo los lazos,	
	me arrancó de vuestros brazos.	

Don Félix ¡No, Beatriz, yo no lo creo!
　　　　　Vos queréis una esperanza
　　　　　dar a mi celo y locura...　　　　　380

Beatriz　　¡Ved, don Félix, que estoy pura!
　　　　　¡Que todo fue una venganza!

Don Félix (Con ansiedad.)
　　　　　¡Una prueba!

Beatriz　　Es que a este duelo
　　　　　que con vos tiene empeñado
　　　　　no vendrá.

Don Félix　No, no ha sonado　　　　　385
　　　　　la hora...

Beatriz　　¡Yo, por el cielo,
　　　　　os lo juro! El Santo Oficio
　　　　　en su poder ya la tiene.

Don Félix　Doña Beatriz, si no viene
　　　　　os perdono; el sacrificio　　　　　390
　　　　　os hago de mi rencor;
　　　　　y a esa mujer la perdono,
　　　　　acaso tuvo en su abono

| | la pasión; al frenesí
            no se da tributo en balde. | 395 |
| Beatriz | Del Santo Oficio el alcalde
            aquí la aprehendió, lo vi.
            De mi verdad un ejemplo,
            don Félix, os voy a dar.
            Bien podemos esperar | 400 |
| | si lo queréis, en el templo.
            Cuando oigáis sonar la hora
            salid, tranquila os espero. | |
| Don Félix | Cumpliré cual caballero.
            Vamos adentro, señora. | 405 |

(Entran en la iglesia.)

Escena IX
(Andrea, sola. Suena el órgano.)

| Andrea | ¡Grata mansión donde un día
          como en nido de palomas,
          respiraba los aromas
          que en mí viven todavía!
          ¿Por qué en la noche sombría | 410 |
| | de mi rencor furibundo,
          quiso mi brazo iracundo
          en desesperado anhelo,
          cerrar las puertas de un cielo
          para lanzarme a este mundo? | 415 |
| | ¡Pálida y agonizante
          en las nieblas de la vida,
          voy como sombra perdida,
          voy como fantasma errante, | |

con la planta vacilante 420
entre la tiniebla oscura;
sin que un labio con ternura
ni con cariño me nombre!
¡Sin amor, sin luz, sin nombre
llorando mi desventura! 425
¡Sueños de mi dulce afán
que brotaron de repente
cual relámpago en mi mente!
¿Qué os hicisteis?, ¿dónde están?
¡Sueños que no volverán 430
a mi loca fantasía,
fuisteis sombra y luz de un día
que embellecieron los cielos,
y que el furor de los celos
convirtió en nube sombría! 435
¡Ay!, si un momento gocé
la luz que el pecho entusiasma,
¡se me apareció el fantasma
del hombre a quien yo maté!
¡Ni el llanto con que empapé 440
mi pupila incandescente
pudo borrar de mi mente
aquella airada figura,
ni lavar la mancha impura
de sangre que hay en mi frente! 445
¡Rotos los místicos... lazos
de mi raza... vil ultraje,
voy como en la mar salvaje
una barca hecha pedazos!
¡Ahogar quiero entre mis brazos 450
el fantasma de mi suerte
que inmóvil, callado, inerte,
ve incierto mi rudo afán!
(Dan las nueve.) Las nueve sonando están...

                    ¡Aquí me espera la muerte!...   455

Escena X
(Andrea y don Félix de Montemar.)

Don Félix   ¡Don Carlos!

Andrea   Aquí los dos
                    nos hallamos. ¿Qué os asombra?

Don Félix   Sois de una mujer la sombra...

Andrea   ¡Soy la justicia de Dios!

Don Félix   Beatriz mintió, ¡quién creyera!   460

Andrea   ¿Qué tenéis?, ¡por Jesucristo!,
                    Montemar, que no os he visto
                    vacilar de esa manera.

Don Félix   ¡Tened, esperad un poco!
                    Tras de las rejas os vi,   465
                    me lo dice el frenesí
                    de mi pasión.

Andrea   ¿Estáis loco?
                    ¡Esa mujer ya murió
                    para vos en el convento;
                    su hermano en este momento   470
                    está delante, soy yo!

Don Félix   No me quitéis la esperanza
                    en que mi pecho rebosa...

Andrea   Allí dentro vuestra esposa,

	¡aquí afuera, mi venganza!	475
Don Félix	¡Soy presa de una ilusión	
	con que mi mente delira!...	
	Luego Andrea... ¿fue mentira?	
	¿No estáis en la Inquisición?	
Andrea	¿Y qué tengo yo que ver	480
	con el Santo Tribunal?	
Don Félix	¡Sois monja!...	
Andrea	¡Sueño fatal!...	
	No soy monja, ni mujer.	
	¡Vive Dios!, que no es alarde	
	de valor lo que estoy viendo;	485
	si así seguís, voy temiendo,	
	capitán, que sois cobarde,	
	¡y que queréis evitar	
	de la suerte un gran percance!	
	Sabéis que venís a un lance	490
	en que os pudiera matar	
	e inventáis una conseja.	
	Permitidme que me asombre,	
	que más bien digna de un hombre	
	me parece de una vieja.	495
Don Félix	¡No me insultéis, vive Dios!	
Andrea	Pues olvidad lo que os digo...	
Don Félix	Reñiremos sin testigo.	
Andrea	No hay para qué entre los dos...	
	Antes oíd, Montemar,	500

	cómo aquí, tened por cierto,	
	habrá de seguro un muerto,	
	nos tenemos de explicar.	
	Si en una odiosa aventura	
	a vuestra esposa robé,	505
	os juro que conservó...	
Don Félix	¡Callad!, ¡callad!	
Andrea	¡Su honra pura!	
	jamás indigno desliz	
	se cometió en vuestra mengua...	
Don Félix	¡Tened, don Carlos, la lengua!	510
Andrea	¡Es pura, doña Beatriz!	
Don Félix	¡No os pido satisfacción,	
	y escucharos más no quiero;	
	echad al aire el acero!	
Andrea	¡Ved que no tenéis razón!	515
	No quiero, si me matáis	
	al darme fiera revancha,	
	dejar en la honra una mancha...	
Don Félix	¡Ved que enojándome estáis!	
Andrea	Si muero, en vuestra conciencia	520
	vais a quedar satisfecho.	
	Me registráis y en mi pecho	
	la prueba de su inocencia	
	encontraréis, capitán.	
Don Félix	¡Riñamos, pues, y que Dios	525
	haga justicia!	

Andrea	Los dos víctimas de nuestro afán, y nuestra infernal locura, nada nuestro ser asombra y buscamos en la sombra nuestra misma desventura.	530
Don Félix (Riñendo.)	Riñamos y por quien soy ¡que os he de matar, lo juro!	
Andrea	¡Don Félix, ved que os conjuro!	
Don Félix	¡Ira de Dios!	
(La mata.)		
Andrea	¡Muerta soy!	535

(Don Félix tira la espada y socorre a Andrea; ésta se reclina sobre su pecho. Don Félix busca la herida y se apercibe de que don Carlos es Andrea.)

Don Félix	¿Qué habéis hecho?, ¿qué habéis hecho? ¡Locura horrible, insensata!	
Andrea	¡Es la suerte quien me mata... debéis estar satisfecho!...	
Don Félix	¡Andrea! ¡Andrea!... ¡Perdón! ¡Mátame, aquí está mi acero!...	540
Andrea	¡Ah!, soy feliz, porque muero ¡en tus brazos!... ¡Compasión!	
Don Félix	¡Soy un infame!, ¡asesino!...	

	¡Socorro!...	
Andrea	Llama al convento porque ya la muerte... siento llegar... ¡fue nuestro destino!	545
Don Félix	¡Vive!, ¡dilata la vida!	
Andrea	Recibe este beso ardiente sobre la nublada frente, símbolo de despedida.	550

Escena XI
(Dichos y doña Beatriz, que sale precipitadamente.)

Beatriz	¡Esa mujer!	
Don Félix	¡Está muerta!	
Beatriz	¡Aquí en silencio los dos!	
Andrea	Perdonad... ¡me vuelvo a Dios! ¡Llamad!... ¡Llamad a esa puerta!	555
Beatriz	¡Perdón!... ¡Yo te denuncié!	
Andrea	Adórala... Monte... mar...	
Beatriz	¡Oh!, ¡quién te vino a matar!	
Don Félix	¡Infeliz, yo la maté!	

(Doña Beatriz toca la campana; se abre la portería, a donde se dirige sor Andrea llevada por don Félix. Salen las monjas a recibirla.)

Escena XII

(Dichos, las monjas y la abadesa. Todas se detienen en el dintel de la puerta.)

Abadesa	¡Sor Andrea! ¡Sor Andrea!	560

Andrea   ¡Yo que en mi... postrer aliento...
traigo el... arrepentimiento...
de mis faltas!

Beatriz   ¡Así sea!

(Se oye el órgano y canto de agonías. Don Félix y Beatriz quedan en el centro de la escena viendo a Andrea en brazos de las monjas.)

Andrea	¡Si las lágrimas redimen...	
	se abren las puertas... del cielo!	565

(Muere.)

Beatriz   ¡Qué terrible desconsuelo!

Don Félix   ¡No hay perdón para este crimen!

(Cayendo de rodillas.)

                     Fin

Libros a la carta
A la carta es un servicio especializado para
empresas,
librerías,
bibliotecas,
editoriales
y centros de enseñanza;
y permite confeccionar libros que, por su formato y concepción, sirven a los propósitos más específicos de estas instituciones.
Las empresas nos encargan ediciones personalizadas para marketing editorial o para regalos institucionales. Y los interesados solicitan, a título personal, ediciones antiguas, o no disponibles en el mercado; y las acompañan con notas y comentarios críticos.
Las ediciones tienen como apoyo un libro de estilo con todo tipo de referencias sobre los criterios de tratamiento tipográfico aplicados a nuestros libros que puede ser consultado en Linkgua-ediciones.com.
Linkgua edita por encargo diferentes versiones de una misma obra con distintos tratamientos ortotipográficos (actualizaciones de carácter divulgativo de un clásico, o versiones estrictamente fieles a la edición original de referencia).
Este servicio de ediciones a la carta le permitirá, si usted se dedica a la enseñanza, tener una forma de hacer pública su interpretación de un texto y, sobre una versión digitalizada «base», usted podrá introducir interpretaciones del texto fuente. Es un tópico que los profesores denuncien en clase los desmanes de una edición, o vayan comentando errores de interpretación de un texto y esta es una solución útil a esa necesidad del mundo académico.
Asimismo publicamos de manera sistemática, en un mismo catálogo, tesis doctorales y actas de congresos académicos, que son distribuidas a través de nuestra Web.
El servicio de «libros a la carta» funciona de dos formas.
1. Tenemos un fondo de libros digitalizados que usted puede personalizar en tiradas de al menos cinco ejemplares. Estas personalizaciones pueden ser de todo tipo: añadir notas de clase para uso de un grupo de estudiantes, introducir logos corporativos para uso con fines de marketing empresarial, etc. etc.

2. Buscamos libros descatalogados de otras editoriales y los reeditamos en tiradas cortas a petición de un cliente.

www.ingramcontent.com/pod-product-compliance
Lightning Source LLC
LaVergne TN
LVHW041339080426
835512LV00006B/527